ICH WERDE VIELES VERGESSEN, das bleibt nicht aus, vielleicht sogar meinen eigenen Namen. Nie vergessen aber werde ich mein erstes Fossil. Es war ein Trilobit, ein kleiner mariner Gliederfüßer, der von niemandem etwas gewollt hatte, als ich eines Frühlingstages auf ihn krachte. Eine Sekunde später waren wir Freunde fürs Leben.

Seine Gefährten und er, erzählte er mir, als ich alt genug war, um es zu verstehen, hatten mehrere Massenaussterben überlebt. Lava und Säure, Sauerstoffmangel, einen herabstürzenden Himmel. Doch eines Tages mussten sie sich geschlagen geben, mussten anerkennen, dass ihre Zeit vorbei war, und sich zurückziehen, tief eingekuschelt in einen Stein. Sie hatten die Niederlage hingenommen und anderen den Platz überlassen.

So ein anderer war ich, ein Homo sapiens in zu großen Hosen, aufrecht im hohen Gras eines noch jungen Jahrhunderts. Auf der Gemeindeschule hatte die Lehrerin mich an diesem Morgen des Jahres 1908 nach Hause geschickt, weil ich sie verbessert hatte. Pépin war nicht der Name eines französischen Königs, wie sie behauptete. Das war der Name eines Hundes, *meines* Hundes, eines blauen Schäferhundes, den wir in der Scheune gefunden hatten. Er beschützte uns vor den bösen Geistern und den streunenden Katzen – oft waren das dieselben, das wussten alle.

Mademoiselle Thiers hatte mir die Abbildung eines kleinen bärtigen Mannes mit Krone vor die Nase gehalten, darüber stand P-É-P-I-N, und auch wenn ich gerade erst lesen lernte, schienen mir diese Buchstaben doch ein glaubwürdiger Beweis für meinen Irrtum zu sein. Als sie meinte: »Du hast den Unterricht gestört, hast du etwas zu sagen?«, antwortete ich: »Dann habe ich eben das nächste Mal recht.« Sie schrieb mit dem Füller *unverschämt* in mein Heft, zweimal unterstrichen, und das lässt du mir bitte von den Eltern unterschreiben.

Ich nahm den Weg durch die Büsche nach Hause, mit meiner Opferschnute und der doppelt unterstrichenen Unverschämtheit. Von allen Jungs in der Gegend war ich der einzige, der die Schule mochte, und ich war der Beste. Was konnte ich dafür, wenn dieser König einen Hundenamen hatte?

Als ich die zugeklappten Fensterläden sah, wusste ich, dass ich meine Mutter nicht stören durfte. Dann war sie im Schlafzimmer und musste es dunkel haben, vollkommen dunkel. Der Kommandant war nicht an seinem Platz am Horizont, dort, wo unsere Felder zum Dorf hin abfielen. Nur der gute Pépin war da, oben auf einer Anhöhe, seine wachsame Jugend in den Wind geschmiegt. Er stellte sein heiles Ohr auf und musterte mich, ein bisschen wie ein König, stimmt schon, und gleich schlief er wieder ein.

Ich schnappte mir einen Hammer, ein bewährtes Mittel für viele Probleme. Nur sollte ich ihn lieber nicht in der Nähe des Hauses schwingen, und so ging ich los, quer durch ein Dickicht von Salatköpfen, immer geradeaus, bis mich auf dem Nachbaracker ein Felsbrocken stoppte. Ich stellte mir das Gesicht von Mademoiselle Thiers vor und ließ, eins, zwei, drei, meinen Racheschlag niedersausen. Der Stein brach sofort auf, als hätte er nur vorgetäuscht, er wäre ganz. Und aus seinen Tiefen schaute mir mein Trilobit direkt in die Augen, genauso überrascht wie ich.

Er war dreihundert Millionen Jahre alt und ich sechs.

»WOHIN?«

Endstation, sage ich, denn der Ort, zu dem ich unterwegs bin, hat keinen Namen mehr. Ein kleiner Weiler, verloren am Ende eines Sommertags. Kaum hat der Mann mir meine Fahrkarte gegeben, ist er unter seinem Sonnenschirm wieder eingenickt.

Vor mir geht ein Nacken hin und her, bei jeder Kurve droht er auseinanderzubrechen. Eine alte Frau. Wir sind die einzigen Fahrgäste, sie, ich und diese Höllenhitze, die durch alle Ritzen dringt, durch bröcklige Dichtungen, wacklige Schrauben, klapprige Fenster. Meine Stirn, fest an die Scheibe gedrückt, sucht vergeblich nach einer Erinnerung an etwas Frisches.

Umberto ist zur Abfahrt in Nizza nicht erschienen. Dann warte ich eben oben auf ihn. Er wird einen anderen dieser Saisonbusse mit ihren ulkigen Reifen nehmen, die an den Seiten knallweiß leuchten. Und genauso zwei Stunden hinauffahren, immer wieder überzeugt, dass die Straße nicht mehr lange weitergehen kann – ein Irrtum. Seit einem Monat habe ich nicht mit ihm gesprochen, aber er wird kommen, ganz sicher, er wird kommen, denn er ist Umberto. Und ich werde die Geduld verlieren, werde fluchen, bis er endlich eintrifft, denn ich bin ich.

Der Nacken knackt wie Reisig, die alte Frau ist über ihrer Einkaufstasche eingeschlafen. Eben noch saß ein kleines Mädchen mit ihrer Mutter auf der anderen Seite des Gangs, die Beine ausgestreckt auf dem roten Leder. Ich wollte ihr die Socca schenken, die ich am Hafen gekauft hatte, schon nach den ersten Kurven war mir der Appetit vergangen. Aber sie hat meinen Kichererbsenfladen verschmäht, hat mir die Zunge rausgestreckt und die Augen verdreht, die Mutter hat mit ihr geschimpft. Ist doch nicht schlimm, gab ich ihr zu verstehen, dabei habe ich gedacht, blöde Göre. Die Mutter und das Mädchen sind vor etwa zwei Stunden ausgestiegen, hinaus in ein anderes Leben. Nur die Straße ist noch da. Und wenn oftmals alles mit einer Straße beginnt, wüsste ich gern, wer meine so kurvig gemacht hat.

Es ist eine Gegend, in der die Streitigkeiten tausend Jahre währen. Das Tal gräbt sich hinein, verliert sich wie das Lächeln eines alten Mannes. Ganz am Ende, nicht weit von Italien, nagelt eine große Zypresse den Weiler ins Gebirge. Die Häuser bilden einen Kreis, drängeln sich vor und recken ihre glühenden Ziegel, um an den Baum heranzukommen. Die Gassen sind so eng, dass man sich beim Durchgehen die Schultern aufschrammt. Hier ist der Platz rar, der Fels krallt ihn sich. Den Menschen lässt er nur Krümel.

Das Dorf ähnelt dem Foto, das ich gesehen habe, verschwommen, aufgesogen vom schlechten Papier: die grüne Nadel der Zypresse und ringsum ein ockerbraunes Geflatter wie von einem sterbenden Schmetterling. Hinter zwei Dutzend Zigarillos starren mergelige Mienen neugierig zu mir herüber. Mitten unter ihnen steht, ein vollwertiges Mitglied der Gemeinschaft, ein Esel und hebt seinen vorwitzigen Kopf. Der Bürgermeister kommt gleich auf mich zu, mit ausgestreckter Hand und lächelnden Zahnstümpfen.

Die kleine Menge nimmt mich mit, zieht mich, schubst mich, fasst mich an, um sich zu vergewissern, dass ich tatsächlich der *Professore* bin, der aus Paris, denn so einen hat man hier noch nie gesehen, also *scusi*, woher sollten sie wissen, wie so jemand aussieht. Man bringt mir einen Kaffee, wie nur die Italiener ihn zu machen verstehen, bitterer Teer, er erinnert mich an meine Kindheit, wenn ich hingefallen bin und mir das Knie aufgeschürft habe. Erst spürt man nichts, aber dann kommt dieser Schlag, der einem die Tränen in die Augen treibt, und der Taumel der Erleichterung, wenn der Schmerz vergeht.

Ich nenne sie »Italiener«, obwohl diese Leute seit 1860 Franzosen sind, der Bürgermeister hat es seit meiner Ankunft schon dreimal erwähnt, »echte Franzosen, *Professore*«, und dabei hüpfte ein patriotischer Finger über seine Trikoloreschärpe. Aber sie haben nichts aufgegeben von ihrer Heimat jenseits des Gebirgskamms. Alles an ihnen erinnert an Felsgestein. Ihre Haut, ihre Hände, der Staub in ihrem Haar. Der Fels bringt sie hervor und tötet sie. Bevor hier jemand zum Maurer, Tischler, Hahnrei wird, bevor er Räuber wird, reich oder arm, ist er

Bergsteiger. Wen wundert's? Sobald ein Kind in diesen Tälern seine ersten Schritte tut, stößt es an eine Wand. Also müssen die Kleinen lernen, sie zu erklettern, sonst schaffen sie es nirgendwohin.

Frankreich, Italien, egal. Das sind nur Wörter von Kindern, die Murmeln auf einer großen Karte verschieben und sich dabei zanken. Wir sind nirgendwo, sind im Bauch der Welt, und dieser Ort gehört niemandem, gehört allein der Wissenschaft, die mich heute hergeführt hat. Gegen Abend quartiere ich mich in dem auf meinen Namen reservierten Zimmer ein, in der einzigen *locanda* des Dorfs. Im Zimmer hängt ein Geruch von vorzeiten. Der Mangel an Komfort könnte nicht größer sein. Die Fensterläden, ein abblätterndes Blasslila, öffnen sich auf einen umgestürzten Horizont. Senkrecht.

Unter meinem Fenster strampelt sich ein junger Hund im Schatten der Hauswand ab und wirbelt seinem Schwanz hinterher. Er weiß noch nicht, dass er ihn nicht fangen wird, dass andere es vor ihm versucht und aufgegeben haben. Ich kenne diesen Hund, meine Lippen runden sich, wollen nach ihm rufen, aber nein, woher, es ist der 16. Juli 1954, und Pépin ist seit vierzig Jahren tot.

VOR EINER WOCHE habe ich die Tür meiner Wohnung hinter mir geschlossen. Aus Gewohnheit sage ich »meiner« Wohnung, aber sie war nicht mehr meine. Ich bin noch bei Madame Mitzler im sechsten vorbeigegangen und habe ihr mitgeteilt, das wär's, ich würde gehen. *Wohin denn?* Das spielt keine Rolle, Madame Mitzler, nur kann ich Ihnen jetzt freitags nicht mehr die Einkäufe hochtragen, bringe Ihnen nichts mehr zum Nähen, fange die Katze nicht mehr ein, wenn Sie das Fenster aufgelassen haben, sage Ihnen nicht mehr Bescheid, wenn das Spülbecken überläuft und der Kranz an meiner Küchendecke größer wird. *Sie kommen zurück?* Selbstverständlich komme ich zurück, Madame Mitzler, wo denken Sie hin, aber bestimmt nicht in dieses Viertel, sondern in ein vornehmeres Quartier, eine Wohnung mit Stuck vielleicht. In ihren glasigen Augen war eine Mischung aus Bedauern und Bewunderung. Madame Mitzler wusste es anzuerkennen, wenn ein Mensch sein Schicksal in die Hand nahm.

Es regnete, eine graue getrommelte Klage, die einem unter den Kragen ging. Auf dem Weg zur Gare de Lyon kam ich an der Universität vorbei, die ich ein Vierteljahrhundert zuvor zum ersten Mal betreten hatte, damals als junger Professor für Paläontologie, voller Illusionen und fest davon überzeugt, einen Olymp zu erklimmen, aus dem alles Kleinkarierte verbannt wäre. Später musste ich erfahren, dass die Götter des Olymps kleinkarierter, grausamer und schäbiger waren als jedes Menschenwesen. Die Götter logen, klauten, täuschten, fraßen einander auf. Aber intelligent waren sie, das ja.

Das Einzige, was ich diesem Ort zu verdanken hatte, war Umberto. Eines Tages stand er unversehens in meinem Büro. Ich bekam den Schreck meines Lebens. Wie war dieser Karnevalsriese hereingekommen, ohne dass ich es bemerkt hatte? Die Art, wie er sich bewegte, und sein linkisches Lächeln erinnerten an ein Kind auf Stelzen, das in einem Kostüm aus Pappmaschee unter aufwendiger Betätigung verborgener Hebel voranschreitet oder eine komische Miene zieht. Die Kurzsichtigenbrille unterstrich noch sein behäbiges Wesen. Er hatte diese Gravität der Großgewachsenen, die sich bewusst sind, dass sie mehr Platz einnehmen als jeder gewöhnliche Mensch auf unserem Planeten, der Verantwortung auch, die damit einhergeht. Man muss seine Bewegungen einschätzen können.

»Ich bin Ihr neuer Assistent, Professor.«

Umberto war zwanzig, ich fünf Jahre älter. Keiner hatte ihn mir angekündigt, außerdem hatte ich noch nie einen Assistenten gehabt und schon gar nicht einen beantragt. Niemand an der Universität wusste, was er dort machte. Man hatte seinen Namen auf einer Gehaltsliste gefunden, was genügte, um seine Anwesenheit zu rechtfertigen. Wenn man ihm Geld zahlte, musste er für irgendwas gut sein, oder? Später stellte sich heraus, dass er an einem Austauschprogramm zwischen der Universität Paris und der Universität Turin teilnahm. Nur konnten wir trotz eingehender Recherche nicht klären, wer uns in Turin abhandengekommen war.

Umberto hatte sich schnell unentbehrlich gemacht. Ich schätzte seine ruhige Anwesenheit, seine Hingabe, seine Art, wie er mich »Professor« nannte, ein Titel, den er umso mehr respektierte, als ich ihn in jungen Jahren erhalten hatte. Ganz im Gegensatz zu meinen Kollegen, die aus ebendiesem Grund die Gänsefüßchen laut hervorklingen ließen, wann immer sie ihn aussprachen. Umberto war nicht der akribischste unter den Wissenschaftlern, die ich kannte, auch nicht der intelligenteste. Aber er hatte goldene Hände. Wenn jemandem ein Ammonit unter den Fingern zerfiel, wenn der Stein sich weigerte, die Geisel in seinem Inneren freizugeben, rief man Umberto. Und sanft befreite er den Gegenstand, der uns interessierte, aus dem Griff der Zeit: ein Blatt, ein Weichtier, ein Stück Knochen, das alles mit unendlicher Langsamkeit, ohne Zweifel ein Relikt aus seiner Kindheit in den Bergen. Mehr als einmal traf ich ihn frühmorgens in seinem Büro genau so an, wie ich ihn am Abend vorher verlassen hatte. Meißel in der einen Hand, Pinsel in der anderen, erstarrt in einem Staub von Atomen. Er war nicht verheiratet, es war also egal, wo er seinen großen Kopf bettete und zuließ, dass der Schlaf ihm ein paar Stunden seines Lebens raubte.

 Nach zwei Jahren sagte ich ihm, er dürfe mich bei

meinem Vornamen nennen. Tausendmal versuchte ich ihn dazu zu bringen, dass er ihn *Stan* aussprach, das »n«, erklärte ich, müsse gegen eine Wand stoßen, aber er sagte immer *Stanè*, und kaum bemerkte er seinen Irrtum, hob er auf eine so ohnmächtige wie drollige Art die Hände. Schließlich lachte ich darüber.

Dann war da die Geschichte mit dem Grappa. Ich kam ins Labor, um eine Probe abzuholen. Umberto studierte Fotos von Ausgrabungen an einer Fundstätte in der Ardèche. Neben ihm eine offene Flasche. Der Alkoholgeruch knallte mir in die Nase. Lächelnd bot er mir einen Schluck an, sein Onkel, sagte er, brenne diesen Schnaps in sehr kleinen Mengen und habe ihm die Flasche geschickt, damit er sich an die Heimat erinnere, wo das Getränk sehr beliebt sei. Ich fuhr ihn an. Wie auch immer man es in Turin halte, in Frankreich und besonders in Paris und ganz besonders in diesem ehrwürdigen Institut trinke ein Forscher nicht am Arbeitsplatz. Im Handumdrehen hatte ich die Flasche des geknickten Hünen konfisziert und dann in einem Schrank vergessen.

Eines Abends fand ich sie durch Zufall wieder. Ich war noch geblieben, um einen Förderantrag auszufüllen. Die Flasche war angebrochen, wer würde es schon merken? Beim ersten Schluck erfasste mich ein Windstoß aus den Bergen, eine Arie von Hängen und Wiesenblumen, sie trieb mir die Tränen in die Augen. Ich arbeitete bis Mitternacht.

Als ich den Antrag fertig hatte, wollte ich meine Sachen packen und stand auf. Ich kippte um wie ein

Sack, kopfüber ins Edelweiß, riss den Stuhl mit und ein paar der säuberlich auf meinem Schreibtisch gestapelten Unterlagen. Alarmiert von dem Lärm, kam Umberto sofort herbeigerannt. Während er die leere Flasche aufhob, prustete ich los und entschuldigte mich, denn so leid es mir tat, dieses göttliche Getränk gab mir das Gefühl, ich würde den Frühling schlürfen, ja, wirklich leid, Umberto, ich habe es dir nie gesagt, aber du bist mein bester Freund, das kannst du mir glauben, mein *bester Freund*, komm, lass dich umarmen, bald erhalten wir eine weitere Förderung, und das dank deinem großartigen Grappa, du hast nicht zufällig noch eine Flasche, was wollte ich sagen, ach ja, nur dank deinem großartigen Grappa, Mann, ist das schwer auszusprechen, dank deinem groß-ar-ti-gen-Grappa, egal, dank dem Grappa habe ich den Antrag fertiggekriegt.

»Den Antrag hier?«

Er schwenkte die rosa Blätter vor meinen Augen. Nur die erste Seite des Formulars war ausgefüllt. Der Rest verschwand unter Dinosauriern, Fossilien, Landschaftsskizzen. Sogar ein kleines Gedicht stand dort. Danach erinnere ich mich an nichts mehr.

Als ich aufwachte, war ich in einer Kammer, in die nie jemand hineinging, am Ende des Gebäudes, und kauerte unter einer Abdeckplane. In einer Lache neben mir schwamm mein Essen vom Vorabend. Siebenundzwanzig Jahre, ein bitterer Geschmack, die Seele wund, mein erster Kater. Nicht der letzte.

Umberto saß noch in meinem Büro, im ewigen Morgengrau der Untergeschosse, und hatte mit dem Kopf auf dem neu erstellten Antrag geschlafen. Er wollte gerade gehen, streckte seine langen Arme aus, so lang, dass sie bis an die Wände reichten, und unterbrach meine Entschuldigungen mit einem lässigen *va bene*. Enttäuscht über das geringe Bußmaß – der Unterricht des guten Paters Lavernhe brachte sich in Erinnerung –, erklärte ich: »An deiner Stelle wäre ich trotzdem sauer.«

»In meiner Heimat versuchen alle, unserem *zio* das Geheimnis seines Grappas zu entlocken. Und da kommen Sie, probieren ihn ein einziges Mal und haben alles verstanden. Mein Onkel fügt dem Traubentrester Blüten hinzu, bevor er ihn destilliert. Sie haben einen feinen Gaumen, und Sie haben Geschmack. Also nein, ich bin nicht sauer.«

Umberto ließ mich allein mit meinen Kopfschmerzen. Danach brachte er mir jedes Mal, wenn er eine neue Sendung erhielt, einen Schluck Grappa vorbei, und ich tat so, als würde ich nicht merken, dass er weiter in seinem Büro trank.

»Wohin?«

Kaum war ich an der Gare de Lyon, hatte es aufgehört zu regnen. Für mich ein Zeichen.

»Wohin?«, fragte der Mann am Schalter noch einmal.

»Nizza«, antwortete ich. Der Mann am Schalter gab mir die Fahrkarte und rief: »Der Nächste.«

VIER TAGE. Und immer noch kein Umberto. Ich gehe nicht länger zur Bushaltestelle, um auf ihn zu warten. Ich habe ihn verflucht, habe mir geschworen, noch einen Tag, einen letzten, danach gehe ich ohne ihn los, auch wenn ich genau weiß, dass das falsch ist. Alle wissen es, die Vögel, die Steine, die Heuschrecke, die auf meinem Oberschenkel sitzt und fiedelt. Ohne Umberto bin ich aufgeschmissen.

Am Morgen war das Dorf fast menschenleer, die Bewohner aufgesaugt von anderen Tälern, offeneren, florierenderen, sei es für einen Tag Arbeit, sei es für eine Woche. Manche kommen nicht wieder. Der Berühmteste von allen, die nicht wiedergekommen sind, erzählt der Bürgermeister jedem, der es hören will, ist sein Cousin aus der Familie der Capolungos, der Cousin, der nach Amerika gegangen ist und Erfolg gehabt hat in »Olly Wutt«. Zumindest schreibt das der Cousin in den langen Briefen, die er ins Dorf schickt. Und was soll's, wenn es nicht stimmt, was soll's, wenn er es ausschmückt und von Boulevards spricht, die so breit sind, dass man sich beim Überqueren verläuft, oder von Frauen, die niemals älter werden. Was soll's, wenn er auf einer Baustelle fast verhungert, wenn er Steine stapelt wie alle Jungs in der Gegend. Wegzugehen ist an sich schon ein Erfolg.

Amerika kenne ich gut. Ich vermisse dieses Land. Hier ist alles nur Hitze und hingetupfter Schatten. Das Tal ist eine Wunde im Gebirge, ewige Vendetta zwischen Fels und Wasser. Es riecht nach Kirche, ein Duft von Wind in den Glockentürmen, von angelaufener Bronze, von Kreuzen im Gras. Man erwartet Stille, aber ein ewiges Tosen ermüdet das Ohr: der Wildbach, der sich am Ende hinabstürzt, umgeben von einem Minzgrün, in das moosgedämpfte Stufen führen. Man müsste verrückt sein, sich dort hinaufzuwagen.

Kinder habe ich keine gesehen. Entweder sie gehen in fernen Internaten zur Schule, oder sie werden alt geboren. Wäre ich von hier, würde ich am liebsten auch so lange wie möglich im Bauch meiner Mutter bleiben. Ich käme erst heraus, wenn kein Platz mehr für mich wäre, in zerknittertem Anzug und froh darüber, mir zwanzig oder dreißig schwindlige Jährchen unter diesen grauen Felswänden erspart zu haben. Und dann würde ich gehen, genau wie der Cousin Capolungo.

Um zehn Uhr brütet die Sonne. Eine große Platane zerlegt das Licht. Ich bin allein in der geschlossenen Faust der Berge und lehne an einem Brunnen, die Finger im Wasser. Alles um mich herum macht einen ärmlichen Eindruck, die Luft, die Erde, alles. Aber das täuscht. Durch die Jahrhunderte spricht eine Stimme zu uns, säuselt in den Spalten und im Gespinst des Windes. Es gäbe einen Schatz ... Aber Schatzgeschichten gibt es viele. Also hört keiner mehr hin. Niemand glaubt daran. Niemand außer mir.

21. Juli 1954.

Das einzige Telefon im Dorf hat geklingelt, im Büro des Bürgermeisters. Der Bürgermeister, der gerade seine Hühner fütterte, ist gleich hochgerannt. Er hat sich seine Schärpe wieder umgelegt und mir die Neuigkeit persönlich überbracht. Jemand kommt mit dem heutigen Bus.

Umberto, endlich.

Mit einem hydraulischen Schnaufen setzt der Bus ihn ab, ehe es wieder hinuntergeht, auf ein Meer zu, das ich mir nach einigen Nächten hier nur ausgedacht haben kann. Mein Freund hat sich nicht verändert: derselbe Kordanzug und dieselben Wanderschuhe, über die wir vor zwanzig Jahren schon lachen mussten, es war das letzte Mal, dass wir uns gesehen haben. Niemand ähnelt so sehr einer Landschaft wie er – seinen heimatlichen Dolomiten. Umberto ist eine über die Welt geneigte Felswand, eine Anhäufung geologischer Schichten, die sich mit der Langsamkeit eines Kontinents bewegen. Ein Lächeln bricht durch die senkrechten Klüfte in seinem Gesicht. Seine riesige Hand umfasst die meine erstaunlich sanft, fast unterwürfig, obwohl auch er heute in Turin auf den hochtrabenden Titel *Professore* hört.

Als er zur Seite tritt und das Tal hinter seinen Schultern wieder zum Vorschein kommt, sehe ich, dass er nicht allein ist. Ein lächelnder junger Mann steht dort. Der Bus setzt langsam zurück, die große Windschutzscheibe geblendet vom Licht, und dieser goldene Hintergrund verleiht dem Jungen das dümmliche Aussehen einer aus einem Fresko gefallenen Figur. Peter, stellt Umberto ihn vor: sein Assistent an der Universität Turin.

Ich habe alles getan, um mir meine Wut nicht anmerken zu lassen. Ja, das war Wut, einer dieser guten alten, dornenreichen Wutanfälle, für die man mich kennt. Natürlich hatte ich Umberto nicht ausdrücklich gebeten, allein zu kommen, wieso auch. Ich dachte, er hätte verstanden, dass es um etwas Wichtiges geht. Eine vielleicht kindische Verschwörung, aber eben doch eine Verschwörung, und zu der nimmt man nicht den Nachbarsjungen mit, bloß weil er da ist und ein Gesicht macht, als würde er sich auf seiner Schaukel langweilen.

Ich bin auf Peter zugetreten, mit ausgestreckter Hand.

»Freut mich.«

Meine ersten Worte zu diesem Burschen waren eine Lüge.

UMBERTO HAT BLAUE FINGERNÄGEL. Peter hat blaue Fingernägel, ich natürlich auch. Wir haben unsere Kindheit auf Kalkplateaus verbracht, auf allen vieren, haben Berge durchgesiebt und uns die Finger zerquetscht, wenn der Fäustel mal ausgerutscht ist. Unser heimlicher Gruß, unser Erkennungszeichen sind die fehlenden Nägel, die blau geschlagenen Spitzen, ein Blau, das mit seinen sämtlichen Tönen, Preußischblau, Kobaltblau, Stahlblau, unsere Hände in die unterirdischen Nächte eines fossilen Kontinents getaucht hat.

In der kühlen Aura des Brunnens sitzt Umberto auf einem Stuhl und hält den Henkel einer Kaffeetasse in seinem Zangengriff. Er schweigt, wartet. Ich habe ihn erst vor ein paar Wochen angerufen. Ob er mich zwei Monate begleiten könnte? Er hat nur eine einzige Frage gestellt, dieselbe wie alle Welt in letzter Zeit: »Wohin?«

Ich habe ihm von dem Felsenkessel in den Bergen erzählt. Und ihm geraten, alles so diskret wie möglich zu organisieren. Er wollte gar nicht wissen, warum, machte nur klar, dass er Mitte September zurück sein müsse, für einen harmlosen Eingriff. Ansonsten könne ich auf ihn zählen. So war er, mein Umberto.

Peter, neben ihm, knistert vor Ungeduld. Alles an ihm ist schmal, der Oberkörper, die Schultern, das Gesicht, die Lippen, darüber ein kleiner roter Schnurrbart, den man ihm auf der Stelle abrasieren möchte. Peter ist Deutscher, vorübergehend entsandt von der Universität Marburg. Wenn er etwas erklärt, und er erklärt alles, wirbeln seine Hände wie irre Sonnenblumen um die Gelenke.

»Mit fünfzehn bin ich ins Priesterseminar eingetreten, *ja*? Mit siebzehn habe ich es für die Wissenschaft verlassen. Eine Umorientierung, hatte ich gedacht. Und wissen Sie, was ich gewählt habe?«

Paläoklimatologie. *Palaios*, alt. Peter ist ein Historiker des Feuers und des Eises, der Einwirkung des Himmels auf die Erde, die Tiere und die Menschen.

»Letztlich hat sich nichts geändert. Den lieben langen Tag spreche ich von Schwefel und von Blitzen!«

Nicht zu bremsen, wenn er mal loslegt. Und ein erstklassiger Neuzugang, wird mir allmählich bewusst.

»Ich fühle mich geehrt, an dieser Expedition teilzunehmen, Professor …«

»Stan.«

»Stan. Ich habe mich gefragt … *Wonach suchen wir?* Wonach suchen wir eigentlich?«

Ich schwöre, ich hatte die Antwort auf den Lippen. Ich hörte mich schon sagen, sehr gute Frage, junger Mann, wir suchen nach …

In der stickigen Luft meines Zimmers gerät eine Fliege ins Trudeln. Ich liege ausgestreckt auf dem Bett und folge ihrem Kampf mit den Augen. Würde sie sterben und genau an der richtigen Stelle in einen Harztropfen fallen, und würde dieses Harz aushärten, versteinern und zu Bernstein, schön hart und transparent, und würde dieser Bernstein ein paar Millionen Jahre überdauern, geschützt, damit er nicht kaputtgeht, aber auch nicht so gut, dass niemand ihn entdeckt, dann würde diese Fliege eines fernen Tages einem Forscher die Geheimnisse unserer Welt verraten. Eine einfache Fliege, nach der kein Hahn kräht und die das ganze Universum enthält. Die Fauna, die Flora, den Himmel von 1954 – ein bloßes Zucken mit der Hand, und das alles wäre erschlagen.

»*Tutto bene*, Stanè?«

Umberto hat seinen Kopf durch den Türspalt gereckt und schwebt wie ein besorgter Ballon über mir.

»Ja, wieso?«

»Du bist auf einmal gegangen, mitten im Satz. Peter ist außer sich.«

»Ach so, ja.«

Mein Geheimnis ist vielleicht zu schwer geworden, um es mit jemandem zu teilen. Oder es ist die Angst. Die Angst, dass man mir meinen Giganten stiehlt, dass ein anderer ihm seinen Namen gibt, ein anderer Bursche mit blauen Fingernägeln und Karrierebiss.

»*Tutto bene*, Berti. Sag Peter, es tut mir leid. Ich musste mich hinlegen. Ich bin nur ein bisschen müde von der Sonne.«

Umberto geht mit einem orgeligen Lachen, so tief, dass es mein kleines Zimmer in eine Kapelle verwandelt.

»Wir werden nicht jünger. Aber dort oben wird es sein wie in den guten alten Zeiten, nicht wahr, Stanè?«

Ja, wie in den guten alten Zeiten. Und keine Rede von unserem jämmerlichen Gehalt, den im fahlen Lampenschein ruinierten Augen, den Vorträgen, denen niemand zuhört. Und sollte ich mich irren, sollte meine Theorie falsch sein, geht es diesmal nicht darum, eine Mappe zu schließen, sie unterm Papierkram zu begraben und neu anzufangen. Meine Zukunft hängt am Erfolg dieser Expedition. Das schicke Quartier, der Stuck, alles, verstehst du? Nein, natürlich nicht, das kannst du nicht verstehen.

Ich gebe meinem ehemaligen Assistenten lediglich einen Klaps auf die Schulter. Treffen um zwanzig Uhr im Gastraum der *locanda*, der Bergführer, den Umberto engagiert hat, wird dort zu uns stoßen.

»Stanè, der Junge hat recht … Du solltest uns besser sagen, wonach wir suchen.«

Jetzt ist es so weit. Kein Zurück mehr. Willst du es wirklich wissen, Berti? Ich sauge tief die Luft ein, die im geöffneten Fenster sirrt wie Metall. Wenn ich gewusst hätte, wie wertvoll diese Wärme ist, ich hätte sie für immer festgehalten.

»Nach einem Drachen. Wir suchen nach einem Drachen.«

»WAS SAGST DU, EIN DRACHE?«

Ich starrte das kleine Mädchen an, das unser Gespräch gleich auf dieses Geschöpf brachte. Ich war mir nicht sicher, ob ich richtig gehört hatte.

Die Universitätsoberen hatten mich auserkoren, sie an diesem Abend zu begleiten, ich wusste selber nicht, warum. Gesellschaftliche Veranstaltungen waren mir zuwider. Meine Tage verbrachte ich im Untergeschoss, im Schein trüber Deckenlampen, meilenweit entfernt von dem wettergegerbten Abenteurer, den ich mir vor Jahren in meiner Fantasie ausgemalt hatte. Ein solches Dasein passte zu mir, dieses ruhige Maulwurfsleben abseits der großen Fleischfresser, die die Oberwelt heimsuchten. Bestimmt hatten sie mich verpflichtet, um Mitleid zu wecken, sehen Sie nur, werte Spender, wie sehr wir auf Gelder angewiesen sind, auch wenn meine abgetragenen Ellenbogen und die schiefen Hosenaufschläge mehr der nachlassenden Sehkraft und der zittrigen Nadel von Madame Mitzler geschuldet waren als meiner mageren Besoldung.

Als ich bei der renommierten Adresse eintraf, war es noch zu früh. Im Hof des Hauses herrschte ein heilloses

Durcheinander, irgendjemand zog um. Aber ich fühlte mich wohl in diesem Chaos, und ohne erkennbaren Grund ging ich zu den Kartonstapeln und nahm sie in Augenschein. Als gutem Wissenschaftler hätte mir klar sein müssen, dass es den Zufall nicht gibt. Hinter jedem Ereignis – zwei Hände, die sich leicht berühren, ein Himmelskörper, der von seiner Bahn abweicht, ein Hund, der fortläuft und nicht wiederkommt – drehen sich Milliarden Rädchen, und das seit Äonen. Seit dem großen Knall ist aus Nichts etwas geworden.

Ein bisschen weiter rechts oder ein bisschen weiter links, eine Sekunde früher oder eine Sekunde später, und ich hätte es übersehen. Ein Stück Knochen. Auf dem Rand einer Kiste, beim geringsten Luftzug wäre es heruntergefallen und wieder eingegangen in jene Vergessenheit, der es entstiegen war. Massiv, mit Bruchlinien, was eine Bestimmung erschwerte, zumindest ohne feinere Analyseinstrumente. Ein Stück Schwanz oder Wirbel. Glänzend braun, keinerlei Porosität, fortgeschrittene Fossilisation. Kreidezeit oder Jura. Trias? Unwahrscheinlich.

Ich erschrak, als ein Möbelpacker kam, um die Kiste zu schließen. Der Hausmeister war gestorben, ein älterer Herr, den man nach drei Tagen steif in seiner Conciergeloge aufgefunden hatte. Er hatte keine Familie, und was ihm gehörte, war nun Eigentum des Staates. Der Mann nahm mir den Knochen aus der Hand, räumte ihn ein und wartete mit misstrauischer Miene. Erst als ich mich entfernte, machte er sich wieder an die Arbeit.

Von unseren Gastgebern erfuhr ich während des

Abendessens kaum mehr über den Hausmeister. Er war schon immer da gewesen, ein alter Italiener, der mit niemandem sprach und der in den letzten Jahren nicht mehr ganz richtig im Kopf war. Er war faul, ein Griesgram, »er stank«, sagte die Hausherrin, »und schon morgens eine Fahne«, bekräftigte ihr Mann. Zurückschicken konnte man ihn nicht, weil er eine Invalidenrente bezog. Das Einzige, was man ihm nicht vorwarf, war sein Tod.

Ich wäre jetzt nicht, fünf Jahre später, in diesem kleinen Zimmer im Hinterland, balancierend auf dem Rand der Welt, hätte ich mich an diesem Abend nicht auf dem Weg zur Toilette in der Wohnung verlaufen. Aber ich verlief mich. Und auf einmal stand, in einer Explosion von Sommersprossen, ein kleines Mädchen vor mir und zog mich am Ärmel.

»Sind Sie ein Freund von Monsieur Leucio?«

Sie sah mein Stirnrunzeln.

»Ich habe Sie mit meinem Vater von ihm reden hören.«

Der alte Hausmeister? Ich schüttelte den Kopf.

»Er war sehr lieb. Er hatte einen Drachen.«

»Was sagst du, einen Drachen?«

Sie flüsterte, damit ihre Eltern sie nicht hörten. Wenn die Erwachsenen nicht da waren, sagte sie, versammelte der alte Mann die Kinder des Hauses im Keller, im Kreis um das Licht der einzigen Glühbirne, und erzählte ihnen Geschichten. Am liebsten lauschte diese milchzahnige Geheimgesellschaft der Geschichte von seinem Drachen. *Ora, ascoltatemi bene ragazzi,* hört mir gut zu … Als Jugendlicher hatte sich besagter Leucio in seinem Heimattal verlaufen, nachdem er ausgebüxt war, um ein Mädchen zu besuchen. Drei Tage lang irrte er herum. Ein Gewitter wie beim Weltuntergang hatte ihn überrascht, und er rannte unter einem elektrisch aufgeladenen Himmel und flüchtete sich in eine Höhle. Dort stand er plötzlich einem *drago di tuono e di lampo* gegenüber, einem Drachen des Donners und des Blitzes.

Der alte Mann erzählte, ich hörte seine Schotterstimme hinter dem Tirilieren des Mädchens. Er schilderte ein riesiges Skelett, das im Dunkel versank, so tief, dass man das Ende nicht sah, mit einem verblüffend kleinen Kopf an einem unendlich langen Hals. Der Drache hatte den Jungen vor dem Unwetter beschützt. Und hatte zu ihm gesprochen.

In meinen Adern heulte ein Schmerz, ein alter Schmerz, den ich gut kannte. Es war das Leben, das zurückkehrte, so wie damals, als ich dachte, ich könnte über den zugefrorenen See schneller zur Schule kommen, und eingebrochen war. Eine ganze Viertelstunde hatte man gebraucht, um mich wiederzubeleben, der Doktor hatte sogar gesagt, genau genommen sei ich ein paar Minuten tot gewesen. Ich erinnere mich nur, dass es laut *knacks* gemacht hatte, dann an diesen Bluthund, der wieder in meine blanken Adern schoss. Einen solchen Schmerz meine ich.

Und woher stammte der Hausmeister? Den Namen seines Tals hatte er nicht zufällig erwähnt, Kind? Davon wusste sie nichts. Ich fragte nach weiteren Einzelheiten – welche Höhle, wie konnte man sie erkennen? Unter ihrem roten Wuschelschopf leuchtete das Gesicht der Kleinen auf. Die Höhle lag am Fuß eines Gletschers, sagte sie mit stolzer Glöckchenstimme. Von dort aus waren drei pyramidenförmige Gipfel zu sehen, gekrönt von Blitzen. Das war alles, woran sie sich erinnerte mit ihrem kurzen Gedächtnis, in dem sich die Dramen und die Wunder tummelten.

Es war nicht allzu schwer, mir den vollständigen Namen des Hausmeisters zu besorgen, eine Sache von wenigen Tagen. Er hatte die Welt kaum gestreift, in die er eines Frühlingsabends wie ein Blatt hereingesegelt kam, in eine Conciergeloge, in der es nach Abwässern stank. Familie hatte er keine. Doch jeder Mensch hinterlässt eine klebrige Spur, die Spur einer Behördenschnecke, und die konnte ich, mit der krankhaften Geduld des Forschers, der von Berufs wegen in Jahrmillionen denkt, leicht zurückverfolgen. Standesamt, Rathaus, Einwanderungsbehörde, ich schrieb ihnen allen und fragte, woher der alte Mann gekommen war, denn ich wollte herausfinden, in welchem Tal sein Drache schlief. Ich kam nicht weiter als bis Melun. Die amtliche Existenz des Hausmeisters begann dort, in einem Militärkrankenhaus, auf einem vergilbten Formular. Zwanzig Jahre alt und Herzgeräusche, *Aus dem Wehrdienst entlassen*. Was vorher gewesen war, wusste niemand.

Die Jahre zogen ins Land. Meine Schreiben gingen verloren, vertrockneten in den Regalen oder kamen ungeöffnet zurück, bedeckt von einem fernen Staub. Meine Anrufe klingelten in leeren Amtsstuben. Schließlich gab ich auf, sagte mir, dass das bestimmt bloß eine Geschichte für Pariser Gören war, die sich nach einem Abenteuer sehnten, erfunden von einem alten Mann, der sich nach seiner Heimat sehnte. Ich konzentrierte mich wieder auf meine Arbeit und bewarb mich um ein Stipendium, von dem ich sicher war, dass ich es bekommen würde, so käme ich nach London und könnte ein paar Monate im Naturhistorischen Museum verbringen. Sache abgehakt.

Aber dann erhielt ich, sechs Monaten ist es her, ein Päckchen mit einem Entschuldigungsschreiben, der Stempel umkränzt von Schnörkeln und Tintelöwen, deren papiernes Gebrüll niemandem Angst machte. Der Brief kam von einer italienischen Behörde, ein mir unbekannter Beamter versicherte mich seiner Hochachtung. Er erwähnte einen Stapel verloren gegangener Unterlagen, ein Brand habe zahlreiche Personenstandsdokumente vernichtet. Nicht aber, was dem Schreiben beilag: die Geburtsurkunde von Leucio D. mit dem Namen seines Dorfes und dazu der Trauschein, als Achtzehnjähriger hatte er im selben Tal geheiratet. Oder fast im selben Tal, denn mit der Annexion der Grafschaft Nizza wurde es Frankreich zugeschlagen.

Ich verließ die Universität und flitzte in die Rue des Écoles, um mir eine Karte zu kaufen. Da waren sie, die drei Gipfel, mit dem Rücken zu Italien. Wächter über den Gletscher, umschlungen von rosa Linien auf grauem Grund, genau zwischen dem Massiv des Mercantour und dem Monte Argentera. Wer die Höhenlinien zu lesen verstand, dem erzählten sie von feindseligen Graten, einer beängstigenden Vertikalität. Ein falscher Schritt nach rechts, und man starb als Piemontese. Nach links, als Franzose. Der Drache hatte sich gut geschützt in diesem

Felsenkessel, von dem die Menschen früher zweifellos glaubten, er sei bewohnt von Göttern.

Natürlich konnte von Göttern keine Rede sein, weder dort oben noch sonst wo. Dennoch blieben einer Expedition, wollte sie sich in solche Höhen aufmachen, nicht mehr als zwei Monate, allenfalls drei. Mit den ersten Schneeflocken würde sich dieser Ort von der Erde lösen und zurückkehren ins Nichts. Ich strich über die Karte und stellte mir das wilde Tier unter meinen Fingern vor, schlafend in seiner Höhle aus Papier.

Keine Stunde später klingelte das Telefon. Trotz der unbestrittenen Qualität meiner Arbeit war das Stipendium jemand anderem zugesprochen worden, eine delikate Angelegenheit, eine politische, um genau zu sein – Sie verstehen, nicht wahr, Stan? Der Rektor der Universität sagte mir seine persönliche Unterstützung zu. Ich war mir sicher, dass ich das Stipendium bei der nächsten Vergabe erhalten würde. So sicher zumindest, wie man in diesem Milieu sein kann, das heißt, nicht allzu sicher.

Die gelben Wände meines Kabuffs klappten zusammen wie eine wacklige Kulisse.

»Hallo? Stan?«

Eine Wiese breitete sich vor mir aus, so weit das Auge reichte, sanft ansteigend zu diesigen Gebirgsausläufern. Ich saß auf einem Stuhl hinter einem lächerlichen Schreibtisch und war, ohne dass ich es merkte, zur Vernunft gekommen.

»Stan, sind Sie noch da?«

Ich stand auf und tauchte ein in den Nebel.

WIR WARTEN NOCH auf unseren Bergführer, in der Zwischenzeit habe ich Umberto und Peter alles erklärt. Jetzt wissen sie endlich, warum sie hier sind: um die Historie selbst in die Hand zu nehmen, statt ihr hinterherzulaufen oder sich wie Aasgeier mit den gnädig zugeworfenen Resten zu trösten.

»Ein Apatosaurus?«, deutet Peter an. »Ein Diplodocus? Oder vielleicht …«

Seine Augen strahlen. Ich ahne, was jetzt kommt, denn wir haben die gleichen Fingernägel.

»Oder vielleicht ein *Brontosaurus.*«

Die gleichen Fingernägel und die gleichen Träume.

»Oder ein Einhorn«, brummt Umberto.

Umberto wurde als junger Schüler vom Religionsunterricht ausgeschlossen, hat er mir erzählt. Er hatte nach der Schuhgröße Gottes gefragt. Ein Wissenschaftler glaubt nicht einfach, was man ihm auftischt, ohne nachzufragen, ohne einen Beweis zu verlangen, ein konkretes Detail. Der Zweifel als Religion.

»Stell dir einen dreizehn- oder vierzehnjährigen Jungen vor, Berti. Allein in einem Unwetter, vor Angst schlotternd, erschöpft. Da entdeckt er ein perfekt erhaltenes

Dinosaurierskelett. Er hat nicht das geringste Vorwissen. Das Tier ist gigantisch, ähnelt nichts, was er kennt.«

»Aber wenn die Geschichte stimmt, warum sollte er das Geheimnis für sich behalten?«

»Weil der Drache zu ihm gesprochen hat. Weil er Fieber hat, Halluzinationen, aus Aberglauben. Keine Ahnung. Ist auch egal.«

Umberto verzieht das Gesicht, knetet seine Wangen und bearbeitet den Kiefer, wie zur Strafe für das, was er im Begriff ist zu sagen.

»Oder das alles ist von vorn bis hinten erfunden. Ein Märchen für Pariser Gören, die sich langweilen.«

»Nur dass ...?«

Fehlt noch ein Schritt. Das Detail, das allen entgangen ist.

»Nur dass, wenn es ein Märchen für Kinder ist«, murmelt Umberto, »die Frage bleibt, warum er den Kopf nicht als riesig und furchterregend beschreibt, mit Zähnen wie Säbel. Warum beschreibt ein ungebildeter Bauernbursche den Kopf als viel zu klein für den Rest des Körpers, anatomisch passend zu einem Diplodociden?«

Ich schlage mit der flachen Hand auf den Tisch, so fest, dass die beiden anderen zusammenzucken.

»Genau!«

»In dieser Region gibt es keine größeren fossilen Funde«, wendet der Hüne ein.

»Ein dummes Argument, und unwissenschaftlich.«

Ich fürchte schon, ich könnte ihn gekränkt haben, hätte vor Erregung zu heftig reagiert, aber Umberto nimmt die Niederlage gelassen hin. Peter beugt sich wie ein Automat dem jeweils Sprechenden zu, ehe er der Antwort des anderen lauscht, in einer Pendelbewegung, die mich zum Lachen gebracht hätte, wäre da nicht das nervige Knarren seines Stuhls.

»Hör zu, Umberto. Alle deine Einwände kenne ich. Alle. Ich habe sie hin und her gewälzt und mir weitere ausgedacht. Bleibt dieses Stück Knochen, das Leucio hinterlassen hat … Seine Beschreibung des Gletschers, die Position zwischen den drei Gipfeln, alles stimmt überein. Ob ich mir meiner Sache sicher bin? Wer könnte das schon. Also, nehmen wir an: ein Brontosaurus vielleicht, wie Peter sagt, die Gelegenheit für uns, zu beweisen, dass Marsh recht hatte und dass es sich hier um eine andere Art von Apatosaurus handelt. Und selbst wenn es ein Apatosaurus sein sollte oder ein Diplodocus, sprechen wir von einem *vollständigen* Skelett. Nicht von einem Puzzle, das man unter großem Rätselraten und Massen von Gips zusammensetzen muss. Da kriegt jeder Museumsdirektor Stielaugen, die ganze akademische Welt. Wir sind vielleicht ein paar Tagesmärsche von einem der unglaublichsten Lebewesen entfernt, die je ihren Fuß auf diesen Planeten gesetzt haben. Einem Giganten, der unsere Namen in die Geschichte einschreiben wird.«

»*Deinen* Namen, Stanè.«

Wohl wahr, so ist es Brauch. Ladies and gentlemen, Stan der Dinosaurier, *Titanosaurus stanislasi*, die Perle des Londoner Naturhistorischen Museums. Schere, Band, die Hülle fällt, fassungslose Ohs und Ahs angesichts des größten Fossilienfunds der letzten hundert Jahre.

»Und die Universität finanziert das alles?«, fragt mein Freund.

»Zum Glück. Du kennst die Leute, das war alles andere als einfach. Ich musste ganz schön Druck machen.«

»Und was ist dein Plan?«

»Drei Szenarien. Nummer eins, wir entdecken die Höhle und das Skelett schnell, sagen wir, innerhalb von zwei Wochen. Wir trennen den Kopf ab und bringen ihn mit. Das wäre ideal, ein echter Coup. Nummer zwei, wir brauchen länger als gedacht und haben vor dem Abstieg keine Zeit mehr, etwas zu entnehmen. Dann machen wir Fotos von dem Skelett, vermessen es, und im nächsten Jahr kommen wir wieder. Der Fund ist unserer, wir haben den Beweis. Nummer drei …«

Die dritte Möglichkeit kennen wir alle. Ich habe mich auf ganzer Linie geirrt. Habe die Hirngespinste eines alten Verrückten geglaubt, aus Trägheit oder, schlimmer noch, aus Schwäche. Denn wenn ich höre, wie Alfred Deller auf dem Plattenspieler von Madame Mitzler *Vergnügte Ruh* singt, während sie meine Hosenaufschläge fertig näht, habe ich einen merkwürdigen Kloß im Hals. Weil alles in mir weich wird.

Peter hebt sein Glas Grappa, die Augen leuchten.

»Wenn wir nicht imstande sind, eine Geschichte zu glauben, bloß weil sie schön ist, wozu dann dieser Beruf?«

Danke, Junge. Umberto stößt ebenfalls an, lächelnd wie ein lieber Hund.

»Auf Stanè, den Dinosaurier.«

 Vergnügte Ruh. Im Grunde braucht es dafür nicht viel.

Unser Bergführer ist da. Aus den Tiefen einer glühenden Nacht ist er eingetaucht in eine Wärme von Karamell, begrüßt von Brummellauten und ebenso vielen abgewandten Blicken, die in dieser Welt, in der nichts ist wie woanders, ein Zeichen des Respekts sind.

Gio ist ein alter Italiener, der Lieblingsführer der englischen Bergsteiger, die sich hier die Höhen krallen, die ihrem Land fehlen. Die Berge wechseln, aber angerufen wird immer er, aus der ganzen Welt. Oder genauer gesagt, man ruft seinen Nachbarn an, denn der hat ein Telefon, und dann läuft er los und holt Gio von einem Haus im Dorf herunter. Gio verstaut sein Dachdeckerwerkzeug und nimmt seinen Rucksack, seine Lederschuhe. Verabschiedet sich von seiner Frau und schwört, dass es das letzte Mal ist, eine Lüge, sie weiß es, er weiß es, und schon ist er fort. Schweiz, Frankreich, Italien, Himalaja. Gio ist teuer, ich hätte mich beinahe verschluckt, als Umberto mir seinen Tagessatz nannte. Gio ist teuer, weil er nicht ums Leben gekommen ist. Er hat den Eiger gemacht, den Nanga Parbat, das Matterhorn und viele andere Gipfel, und er ist nicht ums Leben gekommen. Er ist niemals abgerutscht, niemals abgestürzt, weil er Glück hat oder weil er der Beste ist, das spielt keine Rolle. Für beides muss man zahlen.

Unser Bergführer ist ein hagerer Typ, weder sympathisch noch unsympathisch. Egal wo er sich aufhält, man könnte meinen, er wäre schon immer da gewesen. Ohne Vergangenheit, ohne Zukunft, einfach da. Umberto und er kommen aus demselben Dorf fünfhundert Kilometer von hier, daher kennen sie sich. Gio ist zehn Jahre älter. Er spricht einen Dialekt aus Venetien, den Umberto mit gedämpfter Stimme übersetzt, eine seltene Mundart, in der die Konsonanten vor sich hin trotten, eigenartige Wiederholungen auch, dann klingt es wie eine Schießerei.

Gio macht sich über das Ziel unserer Expedition lustig. Aufstieg, Überleben, Abstieg, das ist seine Dreifaltigkeit. Er breitet eine Karte aus und setzt seinen knochigen Finger darauf. Da, der Weg, der hochführt, der einzige, über den man zum Felsenkessel gelangt. *Gelangte.* Im vorletzten Winter hat eine Lawine ihn auf mehreren Hundert Metern weggerissen. Über das, was geblieben ist, will Gio es nicht riskieren.

Aber. Der Finger rutscht weiter.

Es gibt einen anderen möglichen Zugang, nur eine Handvoll Menschen kennen ihn: einen Klettersteig, Schmuggler haben ihn früher einmal angelegt. Luftig, stellenweise gefährlich. Schaffen wir das? Umberto ist ein geborener Bergsteiger – *sì*. Peter hat sich als Jugendlicher schon mal an Fassaden ausgetobt – *ja*. Ich bin weder sportlich noch in Form, und vor allem habe ich Höhenangst.

»Stanè?«

»Kein Problem.«

Gio nennt seine Regeln. Wenn wir oben sind, in unserer Felsenfestung in zweitausendfünfhundert Meter Höhe, gehorchen wir in allem ihm. Und wir sollen so wenig metallische Gegenstände wie möglich mitnehmen. Die Berge sind so reich an Eisen, dass die Gewitter all ihre Elektrizität dort entladen. Falls die Expedition sich hinzieht, entscheidet er über den Zeitpunkt des Abstiegs. Bevor die kalte Jahreszeit beginnt. *Aeo intendù?*

Umberto lässt seine Finger knacken.

»*'Son a ciatà fora chel mostro!* Jagen wir das Monster!«

Von Gio nur noch ein Murmeln.

»*Là su, i mostre l é solo chi che te te portes drio.*«

Diesmal braucht es keine Übersetzung, um das Gesetz der Berge zu verstehen.

Die einzigen Monster dort oben sind die, die du mitbringst.

DIE NACHT KLEBT NOCH an den Bergen, eine satte Tintenpaste, die nur schwer abzulösen sein wird. Als wir aus der *locanda* kamen, schwankend unter dem Gewicht unserer nagelneuen Rucksäcke, wartete Gio schon. Er saß auf dem Rand einer Tränke und rauchte eine dieser krummen Toscani, die die Kehle begraben. Ich habe Männer gesehen, die haben bei ihrem ersten Zug geweint, und dreizehnjährige Jungs daran lutschen wie an Lakritz. An diesem müden Morgen erinnerte der Duft der Zigarre an die Luft nach einem Blitzeinschlag.

Ein kleiner Tross stand bereit, aufgesogen von der Dunkelheit. Drei Esel, abgewetzt wie Kordsamt. Sie drückten sich aneinander, um nicht zusammenzubrechen. Jeder trug auf der einen Seite einen roten Metallkanister, auf der anderen das Gepäck. An sie gelehnt, schlief ein Bauer im Stehen. War *das* meine Expedition? Hatte ich dafür Umberto vor einem Monat eine beträchtliche Summe Geld geschickt, für diese drei Mähren? Vier, wenn man den Alten mitzählte?

In Richtung der unsichtbaren Gipfel fuchtelnd, dann in Richtung seiner lächerlichen Esel gab ich Gio zu verstehen: die nicht genug, ich nicht zufrieden. Überhaupt nicht zufrieden. Ich würde mich doch nicht von irgendwelchen Bauerntrampeln übers Ohr hauen lassen. Und die Bauern, die kannte ich gut, schließlich war ich selber einer. Ich wusste genau, wie man an Markttagen die Waage manipuliert, indem man eine der Schalen beschwert, oder wie man beim Einpacken ein bisschen was vom Obst wegnimmt. Mein Vater hatte es mir gezeigt. Gio stieß den Rauch seiner Zigarre aus und zog ihn gleich durch die Nasenlöcher wieder ein, schöner Rauch aus zweiter Hand, wäre ja dumm, ihn ausgerechnet dort, wo alles rar ist, zu verschwenden. Er sprach so schnell in seinem Dialekt, dass ich nichts verstand.

»Sag ihm, dass die paar klapprigen Esel nicht ausreichen, Berti. Ich lass mich doch nicht für dumm verkaufen.«

»Sie schleppen nur Öl für die Lampen und fürs Feuer. Alles andere ist schon oben.«

»Alles andere?«

»Der Großteil des Öls, die Zelte, das Holz, Dörrfleisch als Proviant, das Werkzeug und irgendwas, um Kaninchen zu fangen, kleine Abwechslung auf dem Speiseplan. Gios Männer haben letzte Woche alles hochgebracht.«

»Sie haben … Über einen Klettersteig?«

Gio hatte nur mit den Schultern gezuckt und eine Antwort geschnauft, von Umberto sofort aufgegriffen.

»Etwa vierhundert Kilo Ausrüstung.«

Mit einem Pinselstrich malt der Morgen die Felswände rot und hebt sie vom Himmel ab.

»Übrigens, das sind Maultiere, keine Esel.«

Sollte sich jemand eines Tages für mein Leben interessieren, werde ich diese Episode stillschweigend übergehen. Ebenso die Sache mit der Waage.

Der Weg ist versiegt. Unter unseren Füßen fließt nur noch ein Rinnsal aus Steinen, hier und da unterbrochen von einem Gewimmel von Wurzeln. Das Tal verengt sich, alles strebt zum Senkrechten hin. Der Wildbach ist fast nicht mehr zu hören. Über unseren Köpfen liefern sich die Fichten mit den Granitwänden einen Wettlauf zum Himmel. Ihre Arroganz in der Niederlage ist es, was die Erhabenheit dieser Bäume ausmacht. Die Hitze ist zurück, heißer noch, sie stopft die Klamm mit glühendem Werg aus.

Ich habe mich nie sonderlich wohlgefühlt in den Bergen. Als kleiner Junge habe ich sie von unten gesehen, sie hießen Pyrenäen, nur dass ich mit meinen sechs Jahren *Pires Aînés* verstand, »schlimmste Ältere«. Dabei stellte ich mir riesige und furchterregende große Brüder vor, von einer anderen Art als ich, garantiert böse. Vielleicht sind wir deshalb nie dort hinaufgestiegen. Sobald man einen Fuß in ihre Welt setzt, kommt die Frage prompt und ohne Drumherum. »Bist du dir sicher? Hast du dich nicht geirrt?« Das haben mich die Berge heute Morgen tausendmal gefragt, aber ich wusste keine Antwort. Manchmal habe ich das Gefühl, dass wir fast am Ziel sind, oder ich stelle mir vor, die nächste Biegung schenkt uns ein Geheimnis, eine Veränderung. Aber die Bäume ähneln sich, und der Fels bleibt der Fels. Umberto und Gio gehen an der Spitze, einer hinter dem anderen, links rechts, links rechts, ein Kamel im Passgang. Peter, hinter mir, übt sich in Geduld. Wann immer ich stehen bleibe, überholt er mich nicht, ein Zeichen höflichen Respekts, aber so habe ich den Eindruck, dass ich alle aufhalte. Zum Schluss kommen unsere drei Esel, Pardon, *Maultiere*, und der Dörfler, dessen Namen ich nicht kenne. Er wird die Tiere zurückbringen, sobald es für sie kein Weiter mehr gibt.

Um zwölf Uhr Mittagspause. Ein Stück Dörrfleisch, ein Kanten hartes, mit Knoblauch eingeriebenes Brot und ein paar Schlucke metallisch schmeckendes Wasser. Dann packen wir die Rucksäcke wieder, klappen die Messer zusammen und setzen unsere endlose Erstürmung fort, menschliche Atome, die das Gebirge erodieren wie vor uns das Wasser, der Wind, das Eis.

Ein Wunder ist geschehen. Ich habe meine Bergsteigerbeine gefunden. Sie lagen irgendwo am Rand des Pfads und warteten auf mich, ich habe sie wie selbstverständlich angezogen. Fantastische Beine, voll vibrierender Kraft, federnd, gewieft, imstande, die Tücken des Wegs zu erfassen. Auf einmal gehe ich leichten Schrittes, hänge mich bald an Umberto, und der wirft mir ein kleines wissendes Lächeln zu. Jetzt bin ich einer von ihnen.

Ausgestreckt auf dem Schlafsack unter einem Sternenband. Erster Tag einer Expedition, die auf zehn oder hundert hinauslaufen wird, wer weiß das schon. Ein Stein drückt mir in die Schulter. Ich kann mich nicht bewegen, mein Körper ist zu matt. Die neuen Beine liegen unterhalb meiner Taille brav nebeneinander – ich möchte sie nicht zu schnell verschleißen. Hinter dem Horizont streckt ein Drache seinen langen Hals hervor und brüllt in die Nacht. *Ich warte auf dich.* Meine Augen schließen sich unter einem Duft von Strohblumen, von Bräuten und alten Frauen, von ewigem Neubeginn.

Bald.

DER KOMMANDANT WAR MEIN VATER. Alle nannten ihn so, in der Kneipe, auf der Straße, auf dem Markt, obwohl er Landwirt war und nicht die geringste militärische Vergangenheit besaß. Wie es hieß, hatte er mal einen Jungen aus dem Nachbardorf verdroschen, angeblich hatte der ihn schief angeguckt, und als der Bursche dann in seinem Blut lag, hatte er sich über ihn gebeugt und gebrüllt: »Also, wer hat hier das Sagen, na? Wer kommandiert hier wen?« Das war geblieben.

Eines Tages kam ein spanischer Erntehelfer in unser Wohnzimmer gestürzt, das Gesicht nur Staub und Schweiß, völlig aufgelöst.

»In der Sch-scheune, da ist ein … pe-peng, alles unten.«

Mehrere Dutzend Kisten mit Äpfeln waren umgekippt, der Inhalt verstreut. Der Schuldige lag seelenruhig schlafend mittendrin: ein blauer junger Hund mit einem umgeknickten Ohr, im Maulwinkel ein fruchtiges Blubbern. Pépin trat ohne weitere Erklärung in mein Leben, so wie er später auch daraus verschwinden sollte.

Er folgte mir überallhin. Seine Kindheit und die meine vermischten sich in einem Wirbelstrom, der uns außer Atem zurückließ, mit hängender Zunge und aufgeschürften Knien. Bald hatte er mich in allem überholt, er war stärker, schneller, cleverer, es machte mich rasend, dass ich eingezwängt war in einen zu kleinen Körper. Pépins Welt war rund, und ich war der Mittelpunkt. In einem aufmerksamen Tanz zog er seine Kreise um mich, in immer größerem Abstand, sodass ich ihn, als ich neun war und er vier, mehr erahnte als sah. Aber er war immer da, ein Blinzeln am Rand meines Lebens wie ein Staubkorn auf der Wimper.

In der Schule war ich ein Einzelgänger. Bücher sagten mir mehr als Sport oder die Jagd, womit ich in den Augen der anderen eindeutig in die Kategorie der *femnetas* gehörte. Um meiner Beliebtheit aufzuhelfen und zu beweisen, dass sein Sohn kein Weichling war, organisierte der Kommandant ein Geburtstagsfest, zu dem er meine Klassenkameraden einlud, keine Widerrede, wen kümmerte, dass es weder meine Freunde waren noch mein Geburtstag. Er schickte uns mit einem Lederball in die Scheune, spielt schön, Kinder, so gehört sich das in eurem Alter. Nach ein paar schlappen Pässen wurde ich zum Hüter eines kleinen Tors zwischen zwei Strohballen ernannt. Die anderen fanden bald heraus, dass es lustiger war, auf mich zu zielen, als ein Tor zu schießen. Ich wich dem Ball mehr schlecht als recht aus, bis mich ein Schuss von Castaings, dem Sohn des Bürgermeisters, unter einem Hagel von Sternen und verzerrtem Gelächter zu Boden streckte. Sie richteten mich auf, lehnten mich an die Wand. Einer der Etcheberry-Zwillinge machte sich bereit für einen Strafstoß.

Castaings hob die Hand, um das Zeichen zur Ausführung zu geben. Und verschwand, einfach so, fortgeschnappt unter einem Fauchen von der Dunkelheit hinter ihm. Nach einer Schrecksekunde rannten die anderen schreiend weg. Als ich die Augen wieder aufschlug, war ich allein in der Scheune, Pépin hockte vor mir. Mein guter alter Pépin. Ich hatte ihn seit Wochen nicht von so nahem gesehen. Meine Finger verloren sich im Fell unter seinen Ohren, dort, wo es am dichtesten war, ich vergrub mein Gesicht darin und atmete den Duft ein, warmer Kuchen, kandidierte Früchte und Honig, von der Sonne gebacken. Pépin war sehr viel größer als in meiner Erinnerung.

Castaings musste genäht werden, er kam mit elf Stichen davon, die anderen mit dem Schreck ihres Lebens. Der Kommandant spendete eine großzügige Summe für die Renovierung der Kirche. Im Gegenzug erleichterte Pater Lavernhe dem Bürgermeister, der sich um die Annullierung seiner ersten Ehe bemühte, die Erledigung einiger Formalitäten. Der Bürgermeister verzichtete auf die Erstattung einer Anzeige.

Im Dorf ging nun das Gerücht, ich würde mit den Tieren sprechen, und unter den schlichteren Gemütern, ich wäre mit dem Teufel im Bunde. Meine Beliebtheitswerte erholten sich davon nicht. Ich begriff, dass es besser wäre, mir meine Freunde im Lehm zu suchen, und wenn sich dort keine auftreiben ließen, welche zu erfinden.

MAN HÖRT ES – ein wolleweiches Lied, eine getrappelte Melodie. Man riecht es – ein Hauch von nassem Schiefer. Aber man sieht es nicht, die Grenze ist unsichtbar. Die Grenze eines Reichs, das so endlos ist wie der Wind und dessen spärliche Bewohner die Sprache der Tiere sprechen. Gegen Mittag kommen wir ins Land der Schäfer.

An der engsten Stelle der Klamm führt eine Brücke aus Baumstämmen über den Bach. Der Horizont geht auf und entrollt ein weites Plateau. Die Hitze ist geblieben, eine trockene Hitze, blank wie die Klinge eines Messers. Eher schneidend als stumpf, genauso schmerzhaft. Das Plateau scheint in einer Sackgasse zu enden. Kein Felsenkessel, keine Bergspitze bietet dem Auge einen Halt.

»Sagen Sie, sollte man hier nicht die drei Gipfel sehen? Leucios Orientierungspunkte? Sind Sie sicher, dass das der richtige Weg ist?«

Gio: *»Na croda, no te pos saé se te ra ciataras ancora agnoche te r as lasciada.«*

Umberto: »Bei einem Berg weißt du nie, ob du ihn dort wiederfindest, wo du ihn zurückgelassen hast.«

Die beiden Männer gehen mit der gleichen ernsten Miene weiter. Ich bin in den Genuss einer sibyllinischen Weisheit der Dolomiten gekommen. Oder diese rauen Gesellen haben einen Sinn für Humor, den ich ihnen nicht zugetraut hätte.

Das Gras hier oben ist durchzogen von klarem Wasser, Flüsse im Werden, die sich zum ersten Mal hinauswagen in die große weite Welt. Die am Boden flirrende Hitze wird rissig, aufgebrochen von kühlen Adern, die wir unversehens queren. Sie schlagen uns ins Gesicht, und wir bleiben plötzlich stehen. Am liebsten möchten wir ihnen folgen, aufsteigen zu ihrem Ursprung, aber wir müssen weitergehen, immer auf den Horizont zu, der sich uns entzieht.

»Scheiß …!«

Peter bricht in lautes Kinderlachen aus – ich bin in ein Wasserloch gepatscht. Dann erstarrt er wie ein Hund in Lauerstellung, sein Finger deutet auf eine Gneisader. Seit wir losgegangen sind, fällt er mit der Geschmeidigkeit eines Seiltänzers von einer Stimmung in die andere. Jetzt kommentiert er mit großem Ernst, denn bei so was kennt er keinen Spaß, den Prozess der Auffaltung, die vor fast vierzig Millionen Jahren zur Entstehung dieser zerklüfteten Region geführt hat.

Vierzig Millionen Jahre. Solche Zahlen hauen mich nicht um, nicht so wie früher, als ich auf dem Boden meines Zimmers eine Zeitskala zu legen versuchte, ein Streichholz für tausend Jahre, und mir klar wurde, dass ich es nicht mal mit ausgebreiteten Armen schaffte, gleichzeitig an die Gegenwart und an die Entstehung der Gebirge heranzukommen. Dafür hätte ich Arme haben müssen, die bis zur Scheune reichten. Und noch viel weiter, bis zur Pfirsichwiese, wenn ich einen Diplodocus auch nur antippen wollte. Aber zur Pfirsichwiese kam ich sowieso nicht, dafür hätte ich durchs Wohnzimmer gemusst, durchs Geschrei meiner Eltern. Also schob ich die Streichhölzer näher zusammen und rückte die Möbel beiseite, dann brauchte ich mein Zimmer nicht zu verlassen.

Aber ist dieses Plateau alt, weil es vierzig Millionen Jahre auf dem Buckel hat? Leucios Drache hat hundert Millionen Jahre *früher* gelebt. An solche Größenordnungen habe ich mich gewöhnt. Man gewöhnt sich an alles, an die Zusammenstöße von Planeten, an die Verschiebung der Kontinente, an die Trilobiten, die auf meiner Zeitskala so weit entfernt waren, dass wir uns nicht mehr auf dem Grundstück meines Vaters befanden, sondern im Garten von Pater Lavernhe.

Nichts kann mich mehr überraschen. Vielleicht bin ich deshalb manchmal traurig. Oder wir haben in unserer Familie, wie meine Mutter sagte, die Traurigkeit im Blut.

Am Abend kampieren wir weit hinten auf dem Plateau. An dieser Stelle verengt es sich urplötzlich wieder und biegt stracks nach Osten ab, weshalb man aus der Ferne meinen konnte, es wäre eine Sackgasse. Am Ende der dunklen Schlucht erwartet uns der letzte Aufstieg.

Es dämmert bereits, die Luft ist leichter geworden. Umberto summt eine alte Melodie, er merkt es nicht einmal. Hinter uns, an den Hängen, zeigt sich hier und da der flackernde Schein von Feuerstellen. Das sind die Schäfer, die wir tagsüber von weitem gesehen haben. Ihre langen und stummen Silhouetten antworteten auf unseren Gruß mit einer Handbewegung, die einem Segen glich.

Ich hätte so einschlafen können, das Kinn auf den Knien. Aber unmöglich. Peter redet ununterbrochen, beschreibt mit dem Eifer eines Predigers ausführlich die Felsformationen um uns herum.

»Typisch anatexisch … ein schönes Beispiel für Migmatiten, *großartig* … und diese zerklüftete Zone da drüben …«

Ein Gesang erhebt sich, ein Mondgesang, und gleitet über den Horizont. Eine weitere Klage steigt auf, dann noch eine, ein kriegerischer Chor, den meine Primatengene nicht vergessen haben. Keine Worte, aber die Botschaft ist klar. *Lauf, Idiot.*

»Haben Sie das gehört?«

»*Ja.* Wölfe.«

»Hier soll es Wölfe geben?«

»*Ja.* Oder große Murmeltiere.«

Die anderen lachen schallend. Ich nicht.

»Es gibt Wölfe hier, und das macht euch nichts aus?«

Umbertos Stimme schiebt sich über Gios beruhigende Worte.

»Die Schäfer fürchten sie nicht. Ein einziger von ihren Pyrenäenhunden nimmt es mit mehreren Wölfen auf. Angriffe sind selten.«

»Und wenn wir oben sind? Hunde haben wir keine.«

Die Wölfe und ich, das ist eine alte Geschichte. Als ich klein war, hörte ich sie in leisen Rudeln die Hänge nördlich des Bauernhofs herabstreichen, ihre Augen blinkten in meinem Schrank, unter der Kommode, sie schlüpften in die Ritzen, schlichen überall umher, wo es Nacht war, und unser Haus war voll davon, voll von Ritzen und von Nacht. Ich konnte nicht mehr zu Mama ins Bett klettern, denn mit sechs Jahren, hatte der Kommandant entschieden, kam das nicht in die Tüte, ich würde sonst zu einer *femneta* oder, noch schlimmer, zu einer Schwuchtel.

Gio lacht. *Loe no in é, agnoche son drio a 'sì.* Dort, wo wir hingehen, gibt es keine Wölfe, erklärt er, es sei denn, ihnen wären Hände gewachsen, um einen Klettersteig hochzukommen, oder sie kennen einen Übergang, von dem er nichts weiß. Der alte Bergführer beugt sich vor, hebt ein Stück Schiefergestein auf und wendet es unter meiner Nase.

»Willst du vor etwas Angst haben? Davor kannst du Angst haben. So was schlägt dir den Schädel ein. Das löst sich unter der Hand. Schlitzt dich auf, begräbt dich unter sich, zieht dir die Haut ab. Hier ist der Fels gefährlicher als der Wolf.«

LAUFEN, OHNE ZU DENKEN.

Wir haben die Farbe hinter uns gelassen. Alles ist grau, selbst das Grün der Flechten. Der Weg, gesäumt von steinübersäten Hängen, steigt vom Grund eines großen Grabens auf. Wollten die Berge uns in eine Falle locken, sie würden es nicht anders anstellen.

Oder zumindest an etwas anderes denken als an die Erschöpfung.

Der Fels singt, bei jedem Schritt ein Klingen wie von Kristall. Manchmal verdrückt er sich, ein für den Fuß unvorhersehbares Leck, und schon ist das Knie am Boden, die Hand aufgeritzt von einer scharfen Kante.

1879 entdeckt Charles Marsh eine neue Art und tauft sie Brontosaurus.

Eine Form wächst aus dem Nichts, ein immer tieferes Grau am Horizont. Und auf einmal ist sie da. Eine Felswand, an der Wind und Vögel zerschellen, ein steinernes Gebrüll, ausgestoßen dreihundert Meter weiter oben in den Himmel.

Marshs Kollegen – ich kenne sie gut, denn meine sind nicht anders – betonen, der fehlende Kopf des Fossils erlaube keine eindeutige Bestimmung. Sie erklären, dass das Skelett nur das erwachsene Pendant eines jungen Apatosaurus ist, den ebenjener Marsh zwei Jahre zuvor entdeckt hat, keine neue Art. Man gibt sich die Hand, ist sich einig: Den Brontosaurus gibt es nicht.

Der Dörfler nimmt das Gepäck vom Rücken der Maultiere, und fast auf der Stelle brechen sie in die Gegenrichtung auf.

Den Brontosaurus gibt es so lange nicht, wie niemand das Gegenteil beweist. Alle Paläontologen würden ihren Vater und ihre Mutter hergeben, könnten sie einen finden. Ich jedenfalls gäbe, ohne zu zögern, meinen Vater. Aber um einen zu finden, muss man …

Den Klettersteig hoch: Metallsprossen, wie Klammern in den Granit geschlagen, Querstangen, die eine seitliche, noch unsichtbare Weiterführung anzeigen. Vor uns haben Tausende von Füßen diesem Steig seine Form gegeben, diesem schwindligen Weg, den das Salz, der Tabak, das Öl und auch die Menschen nahmen, all die Arbeitskräfte, die sich für eine Saison im Elend an die Salinenbesitzer von Aigues-Mortes verkauften.

Das wird dein Tod sein. Hier gibt es keinen Platz für die Schwachen. Dein Tod in der Tiefe mitsamt deinen Schmugglerträumen. Und wenn der Abgrund dich nicht tötet, tun es die Wölfe.

Peter, Umberto und Gio haben ihr Kletterzeug angelegt. Der Bergführer überprüft die Ausrüstung der beiden anderen, erst dann wendet er sich mir zu. Er hantiert, ohne mich anzusehen, das Seil gleitet wie eine dressierte Schlange durch seine Finger, legt sich um meine Taille, die Leistenbeuge, wieder um die Taille.

Sag ihnen, die können dich mal. Da kommst du niemals hoch.

»Alles in Ordnung, Stanè? Du bist ja kreidebleich.«

»Ein bisschen außer Atem, das ist alles.«

»Wir lassen die Kanister hier. Gio holt sie später, wenn wir bei der Arbeit sind.«

»*Welch unglaubliche Landschaft!* Ich kann es kaum erwarten, dass Juri das sieht.«

Oxidgeruch in der Nase. Die ersten Sprossen des Steigs sind eiskalt, und ich weiß noch nicht, dass unsere Expedition ein fünftes Mitglied haben wird.

Val d'Enfer, »Höllental«, Corne du Bouc, »Bockshorn«, in dieser Region hallt die Gegenwart des Teufels wider, und langsam verstehe ich, warum. Bei jedem Schritt, bei jeder Sprosse, die ich, angeweht von einem Rosthauch, hinaufsteige, verdoppelt sich mein Körpergewicht. Die Angst versteift mir den Hals und die Schultern.

Ein unaufhörliches Losreißen von der Schwerkraft. Im Grunde ist der Aufstieg gar nicht so anders als meine Kindheit. Als ich meinen Eltern verkündete, dass ich Paläontologe werden wollte, bekam ich vom Kommandanten eine gepfeffert, dass mir bis zum Abend die Ohren klingelten, er meinte, ich solle mich nicht aufspielen, ich würde den Familienbetrieb übernehmen und basta. Ich vertraute meine wissenschaftlichen Ambitionen dem guten Pfarrer Lavernhe an, aber dem Vertreter Gottes und der Engel in unserer Gemeinde lag das Training der örtlichen Fußballmannschaft mehr am Herzen als die Wissenschaft. Alle Antworten, nach denen ein Mensch suche, fänden sich entweder in der Bibel oder im Sportteil von *La Dépêche*, wozu also, wie er im Dialekt sagte, *m'espoumper la cape de mul de craques pour bestiou* – mir die Birne mit albernem Firlefanz vollstopfen.

Einmal wollte ich wissen, warum der Kommandant keine Fossilien mochte. Meine Mutter erklärte mir sehr ernst, man müsse schön sein, um sie zu sehen, um sie wirklich zu sehen. Dann schickte sie mich zum Einkaufen in entferntere Dörfer, so konnte ich auf dem Weg die umliegenden Felder absuchen. Ich versteckte meine Funde im Wäscheschrank, und wir bewunderten sie gemeinsam im Licht des Mondes. Ja, sie war eine schöne Frau.

Eine Sprosse, noch eine. Den Hauptabschnitt verlassen, um an eine Rampe heranzukommen, weiter geht es entlang einer fußbreiten Spalte. Der schlimmste Moment, den ich ein ums andere Mal wiederholen muss, auch wenn es mir rot vor Augen flimmert, ist das Aushaken des Karabiners, an dem mein Leben hängt, bevor ich ihn an einem anderen Stahlseil, einer neuen Sprosse wieder einhaken kann. In diese Lücke stürzt sich der Schwindel, er schiebt sich zwischen meinen Körper und die Wand und setzt den Hebel an, um mich loszureißen. Unter mir steigt Peter auf und trällert vor sich hin. Bloß nicht nach unten schauen. Ein einziges Mal, und es wäre das Ende.

Na los, noch eine Sprosse.

Nichts geht mehr. So nah am Ziel, dass es schon lächerlich ist. Fehlt noch ein Abschnitt, zehn Meter, und ich bin oben. Aber wenn ich auch nur ein Fingerglied rühre, sterbe ich. Seit einer Stunde steigen Umberto und Peter abwechselnd zu mir herunter, reden mir gut zu, schimpfen mit mir, versuchen mich zur Vernunft zu bringen: Ich kann nicht abstürzen. Und selbst wenn, würde der Karabiner mich halten. Ein Seil reißt nicht, oder »nur sehr selten«, wie Peter streng wissenschaftlich klarstellt, ich könnte ihn erwürgen. Gio sitzt auf dem Grat und raucht, die Beine im Nichts. Man kann sagen, was man will, aber ich bin nicht der Verrückteste auf dieser Expedition.

Zehn Meter über mir besprechen sich die drei Männer. Gio kommt wieder herunter, hüpft am Ende des Seils, Zigarrenstummel zwischen den Zähnen. Auf meiner Höhe hält er an, nimmt einen Zug und schenkt ihn dem Wind. Diesmal verstehe ich auch ohne Umbertos Hilfe, was er murmelt.

»Lass dir Zeit. Wir gehen schon mal los.«

Er klettert so schnell wieder hoch, wie er gekommen ist, vom Himmel aufgesaugt. Ich bin allein.

Mittlerweile kenne ich Gio gut genug, und ich weiß, dass er es auch so meint. Er ist tatsächlich bereit, mich zurückzulassen, selbst wenn er noch mal kommen muss, um mich zu bergen, am Ende meines Seils hängend wie eine selbstmörderische Spinne, nachdem ich eingeschlafen bin oder das Bewusstsein verloren habe. Dieser Mann, da bin ich mir jetzt sicher, hat den Bergwahn, und ich klettere weiter.

24. JULI. ZU MEINEN FÜSSEN liegt der Ort, den ich mir seit Monaten ausmale. Es ist ein langgestrecktes Hochtal, der Hof einer Festung, deren Mauer wir soeben überwunden haben. Die Innenhänge sind steil, aber begehbar, der Boden bedeckt von einem kurzen Gras, dessen leuchtendes Grün das Auge überrascht. Die Form des Kessels, doziert Peter, hält die Wolken zurück und begünstigt Niederschläge. Ich sage »Kessel«, »Hof«, »Hochtal«, denn ich schaffe eine Legende, und die Wörter erscheinen mir anschaulicher als »Kar in einer antiklinalen Faltung«, wie man diese geologische Struktur nennen müsste.

Wenn ich es richtig einschätze und Leucio nicht gelogen hat, wird ein Anruf bei einem englischen Kollegen genügen, und die Maschinerie setzt sich in Gang. Die wissenschaftlichen Artikel, die Ohs und die Ahs, die gesellschaftlichen Veranstaltungen, die mir nicht länger zuwider sein werden. Schluss mit dem gelben Kellerloch in einer französischen Universität. Schluss mit den ungleichen Hosenaufschlägen, mit den Blicken, die durch mich hindurchgehen, den Händen, die mich ignorieren. Ich werde Madame Mitzler in die Oper ausführen, um

Deller zu hören, danach gehen wir in ein schickes Restaurant, ins Tour d'Argent vielleicht, und wenn ich dann frage, ob noch Essen serviert wird, weil es schon spät ist, heißt es, aber sicher doch, Monsieur, für einen Gast wie Sie immer. Ich werde Kerzen für meine Mutter anzünden, sie sollen die ganze Nacht brennen, den ganzen Tag, in allen Kirchen der Welt, solange es Wachs gibt.

In der untergehenden Sonne glitzert der Gletscher am gegenüberliegenden Ende des Kars, unser eigentliches Ziel. Gio macht sich schon an den Abstieg an einer Reihe von Terrassen entlang, Peter folgt ihm. Umberto nickt mir zu, sein Gesicht zwei Hängebacken, und heftet sich ihnen an die Fersen. Ich bleibe noch stehen, tief bewegt. Eben ist ein Adler vorbeigeflogen.

Um ihn zu sehen, musste ich nach *unten* schauen.

Gio hat uns zur Belohnung für unser Durchhalten einen Schluck Pflaumenschnaps spendiert. Meine Hand zittert, krampft sich um den Feldbecher. Das sind die Nachwirkungen des Aufstiegs. Mein Verstand nimmt endlich zur Kenntnis, wie groß die Herausforderung war, und zahlt es mir heim. Schlechter Verlierer.

Es gibt nichts zu tun, wir können nur warten. Das Kar ringsum ist ein Block aus Obsidian. Die Stille ist vollkommen, sie erfüllt unsere Münder und haftet an den Zähnen. Wir sind die einzige Spur von Leben in einer Welt des Gebets. Selbst unser Feuer brennt lautlos, es will nicht stören.

Das Hauptzelt, in dem unsere Vorräte untergebracht sind, haben wir an einer sicheren Stelle aufgeschlagen, im Sommer geschützt vor Geröll, im Winter vor Lawinen, fern der tausend für das Laienauge unsichtbaren Grate, über die der Blitz mit seinen glühenden Fingern streicht. Wir haben Proviant für eine Ewigkeit – hauptsächlich Dörrfleisch und Trockenfrüchte. Alle drei Tage wird jemand aus dem Dorf frische Lebensmittel am Fuß des Klettersteigs deponieren, Gio holt sie dann ab. Unsere Ausrüstung, die Eispickel, Meißel, Fäustel und sonstigen metallischen Gegenstände, lagert abseits unter einem Dach aus großen Ölplanen. Wir haben jeder ein eigenes Zelt, so eine Form habe ich noch nie gesehen. Die Stangen, von Gio aus Haselnussruten geschnitten, sind gebogen. Der Wind bekommt sie nicht zu fassen, hat er uns erklärt. *Ma canche tira vento, tegnìve dura ra vostra anema.* Aber wenn der Wind bläst, haltet euch an eurer Seele fest.

Der Gletscher liegt eine Stunde entfernt. Wollte unser Drache ein bisschen Verstecken spielen, ich wäre ihm nicht böse. Ich habe nicht mit dem Arm vor den Augen so lange gezählt, um ihn sofort zu entdecken, bloß weil der Schwanz aus dem Schrank lugt.

Meine Hand zittert schon weniger. Das Feuer ist eingeschlafen, gewiegt von seinem Knistern. Gio stupst es mit einem Fußtritt an, ermuntert es mit einem halben Scheit. Das Feuer schreckt hoch, schon gut, schon gut, es ist aufgewacht, hüpft von einem Holz zum nächsten, tanzt die Tarantella. Umberto hat die Hand in der Tasche, zögert, schließlich zieht er ein Foto heraus und reicht es um die Flammen, bis ich es in Händen halte. Ein Schwarzweiß-Porträt einer jungen Frau mit etwas schweren Gesichtszügen und lebhaften Augen, eine Fee vom Lande.

»Meine Verlobte.«

Ungläubiges Staunen. Die Erdachse gerät ins Schlingern.

»Deine Verlobte.«

»*Sì*. Im Winter heirate ich.«

»Du willst verliebt sein?«

»*Sì*.«

»Du? Der Junge, der die Schuhgröße Gottes wissen wollte?«

»Laura hat mir die Schuhgröße Gottes genannt.«

Laura arbeitet wie Umberto an der Universität Turin. Ich hätte nie gedacht, dass er eines Tages heiratet, dabei könnte ich gar nicht sagen, wieso. Die langen Stunden im Labor? Viele unserer Kollegen verbringen dort genauso viel Zeit und haben eine ganz normale Familie, Frau, Kinder, Geliebte. Ich war auch mal verheiratet, ein unglückliches Aufeinandertreffen zweier Existenzen, der Erwähnung nicht wert. Aber Umberto? Umberto ist ein Berg. Als hätte sich der Mont Blanc in Audrey Hepburn verliebt.

Peter stimmt aus tiefer Kehle einen hymnischen Gesang an. Gio reagiert mit einem freudigen Gesichtsausdruck, so überschwänglich habe ich ihn bisher noch nicht gesehen: ein leichtes Zusammenkneifen der Augen, Andeutung eines Lächelns, das seinen Lippen nicht gelingen will. Er schenkt uns ein Schlückchen nach.

Umberto verliebt.

Warum nicht. Wer sagt, dass Berge keine Gefühle haben, wo sie bei Sonnenaufgang erröten?

EIN GLETSCHER AUS DER NÄHE.

Ein solches Schauspiel muss man einmal im Leben gesehen haben: Die Erde gähnt, streckt eine gewaltige, rissige Zunge heraus, leckt neugierig und schnappt sich, wenn sie herankommt, en passant die Bergsteiger, die sich so weit vorwagen. Mehr als eine Geschichte ist in der harten Stille dieses Meeres ohne Fische mit einem lauten blauen Krachen zunichtegeworden.

Unter unseren Füßen gibt die Moräne nach, zwei Schritte vor, einer zurück. Als wir das Eis erreichen, sind wir außer Atem. Hingesetzt. Die Steigeisen angezogen. Anders geht es nicht weiter.

»Da!«

Wir haben sie im selben Moment gesehen wie Peter: die schwarze Öffnung in der Wand, etwa dreihundert Meter vor uns. Ich will schon losgehen, Gio hält mich zurück. Er tippt mit dem Fuß auf das Schneefeld, kuschelweiß wie ein Federbett – mit einem Seufzer bricht es ein. Darunter öffnet der Gletscher sein gieriges Maul, Azur und Aquamarin in allen Abstufungen, so schön, dass man fast Lust bekommt, sich trotzdem hineinzustürzen. Gio hat mir das Leben gerettet.

Wir gehen jetzt angeseilt weiter und stützen uns auf unsere Pickel. Die Wangenknochen glühen, an den Fingern reißt die Haut auf wie ein alter Handschuh, für einen Schritt brauchen wir drei. Das hier ist Schnee, echter Schnee, nicht das freundliche Pulver, das Pépin und ich immer so fröhlich aufgewirbelt haben. Gletscherschnee, ewiger Winter. Nach einer Stunde hat sich die Höhle noch nicht bewegt – sie ist weiter weg, als ich geglaubt hatte. Meine drei Gefährten gehen voran wie die Maultiere, die uns vom Dorf herauf begleitet haben, im langsamen Wiegen schaukeln ihre Köpfe hin und her.

Auf einmal höre ich es. Unter unseren Steigeisen singt der Gletscher. Das geübte Ohr meiner Kameraden erfasst die Musik, respektiert das Tempo. Ich dagegen tanze im falschen Rhythmus und trample dem Planeten auf die Zehen. Nach und nach passt sich mein Schritt dem der anderen an. Meine Technik wird präziser, meine Atmung auch. Der Blick geht nicht mehr zum Horizont, sondern auf die Füße. Sie taxieren den Berg.

Ich bewundere Umberto noch mehr als die beiden anderen. Gio ist klein und hager, Peter ein Hänfling, kein Wunder, dass sie sich mit solcher Leichtigkeit bewegen. Dagegen ist Umberto mit seinen zwei Metern ein Universum für sich, ein Wachturm, der den Gedanken an ein Stillstehen nicht ertrüge. Trotzdem zeigt er eine Anmut, die sich jeder Logik entzieht. Er sinkt kaum in den Schnee ein. Vielleicht sind meine Sinne aber auch von der Höhe benebelt. Oder Umberto hat, prosaischer gesagt, Füße wie Schneeschuhe. Nein, es ist etwas anderes, er erweckt den Eindruck, als könnte er sich in mehreren Dimensionen gleichzeitig bewegen und sein Gewicht in alle Richtungen verteilen. Er wiegt fast nichts auf unserer Welt.

Drei Stunden nachdem wir das Lager verlassen haben, stehen wir endlich senkrecht unter der Höhle. Die Öffnung liegt höher, als ich dachte, etwa zehn Meter über dem Eis. Gio nimmt Seile und Haken aus seinem Rucksack und bedeutet uns, die Ausrüstung anzulegen.

Titanosaurus stanislasi. Du wirst mir nichts erspart haben.

Vier Männer drängen sich um ein Feuer. Eine gewaltige Nacht hängt ihnen im Nacken und schiebt sie auf die Flammen zu. Der Hochgebirgsführer ist an seiner Ungerührtheit zu erkennen, an der Selbstverständlichkeit, mit der er einfach da ist, fast gelangweilt, wie der Fels, auf dem er sitzt. Die anderen sind Eindringlinge, groteske Gestalten, Wissenschaftler. Einer hat sich hingelegt, den Fuß auf einem Rucksack.

Die Höhle war keine, nur eine Spalte, verdunkelt vom Sonnenstand und von den Ruhmesverheißungen unserer überhitzten Fantasie. Auf dem Rückweg wollte Peter, auch wenn alle ihm abrieten, mit bloßen Händen eine Wand hochklettern, um eine Quarzitader zu studieren. Als er sich hinaufgezogen hatte, sah er sich Auge in Auge einem Skorpion gegenüber – einem toten Skorpion – und ließ los. Die Verstauchung ist nicht allzu schlimm, nur eine gelbe Verfärbung des Knöchels und rundherum ein hübscher Purpurwirbel. Er wird den Fuß ein paar Tage ruhigstellen müssen und uns nicht helfen können.

Dem Deutschen ist nicht verborgen geblieben, wie sauer ich bin – er wagt es nicht mehr, mich anzusprechen. Selbst in Umbertos geologisches Gesicht hat sich der Ärger eingegraben. Aber an einem solchen Ort, fernab der Welt, ist es gefährlich, Schweigen auf Schweigen zu häufen. Die Stille könnte zu schwer werden, könnte in sich zusammenbrechen und uns erdrücken. Gio lässt seinen Pflaumenschnaps herumgehen, den Stoff, der die Zunge löst.

Gleich morgen wollen wir das Suchgebiet abstecken, anhand der beiden einzigen mehr oder weniger fixen Punkte, über die wir dank Leucio verfügen. Zum einen befindet sich die Höhle am Fuß des Gletschers. Zum anderen sieht man vom Eingang aus drei pyramidenförmige Gipfel. Wir haben sie heute ausfindig gemacht, sie sind von einem größeren Bereich aus sichtbar als erwartet. Trotzdem sollten sie uns ermöglichen, die Suche auf einen Abschnitt von etwa zweihundert Meter Länge zu begrenzen. Allenfalls dreihundert. Danach stoßen wir auf eine Eiswand: zu hoch, um den Angaben zu entsprechen.

Ein weiterer ordentlicher Schluck, Peter hebt seine Pennälerhand und bittet ums Wort. Er hat, bevor er herkam, eine Simulation durchgeführt. Gute Nachrichten: Diese Art Gletscher, an einem solchen Ort und unter solchen klimatischen Bedingungen, dürfte im Laufe des vergangenen Jahrhunderts nur eine minimale Verschiebung erfahren haben, um nicht zu sagen keine.

»Reine statistische Spekulation, *klar*. Unser Gletscher hat sich womöglich völlig anders verhalten. Die Kräfte, die in der Bewegung einer solchen Masse am Werk sind, können den Eingang der Höhle genauso gut verschlossen haben.«

»Das heißt«, sage ich gereizt, »mit Sicherheit wissen Sie nichts.«

»Wenn ich mir einer Sache sicher wäre, wäre ich Gott.«

Am liebsten möchte ich loslachen. Peters vorgerecktes Kinn erinnert mich an einen kleinen Jungen aus einer anderen Zeit, an ein rot-weiß kariertes Tischtuch. Schade, dass ich so schamhaft bin, meine Freunde. Schade, dass ich mich geniere, sonst würde ich euch etwas verraten.

Manchmal reagiere ich ungeschickt. Bin verletzend, knurrig, einfach nur doof. Reserviert, kühl, misstrauisch. Ein hoffnungsloser Tollpatsch. Aber ich bin kein schlechter Kerl. Ich habe die zauselige Liebenswürdigkeit der Bienen, und manchmal steche ich reflexartig die Hand, die sich mir nähert, weil ich aus Gewohnheit denke, dass sie mich erschlägt. Ich möchte, dass ihr das wisst.

»Das wissen wir, Stanè. Das wissen wir.«

Blöder Schnaps, der die schamhaften Menschen dazu bringt, Dinge laut auszusprechen.

Ich bin als Letzter schlafen gegangen, nachdem ich noch eine Weile vor meinem Zelt gesessen hatte, gehüllt wie am Abend zuvor ins behagliche Dunkel. Man konnte nichts sehen, und das war gut so. Aber es gab sowieso nichts zu sehen, nichts als die grauen Gipfel, die den Horizont zupflasterten.

Dann rissen die Wolken auf, und ohne Vorwarnung verzogen sie sich und hinterließen einen weiten, klaren Himmel. Der Mond war rund und hell, aber die wahre Schönheit zeigte sich nicht dort oben, in galaktischer Ferne, sondern direkt vor mir, an den Nordhängen und an den Südhängen. Der ganze Kessel hatte sich festlich geschmückt mit Hunderten und Aberhunderten von silbernen Bändern, hatte sie sich über die Grate geworfen und die Hänge drapiert wie für ein landschaftsweites Dorffest. Es waren die Bächlein, die von den Höhen herabliefen, diese unbenannten gluckernden Rinnsale, denen die Menschen erst weiter unten, in ihren fernen Tälern, einen Namen gaben, wenn sie es bis dorthin schafften. Sie waren noch winzig klein, verkrochen sich ängstlich im Gras. Manche würden an Verdunstung sterben, andere verloren gehen, wieder andere in gierigen Kehlen verschwinden. Die stärksten würden sich zusammentun, würden ganze Regionen hinwegschwemmen und die Meere ansteigen lassen. Am Tag hatte ich nicht auf sie geachtet. Der Mond machte aus ihnen die Herren des Landes, und zu meiner Überraschung stellte ich fest, dass eins dieser Bächlein zwei Meter neben meinem Zelt floss. Ich tauchte die Hand ins Wasser, und ich spürte, wie es mein Spiel mitspielte und, ehe es seinen Weg fortsetzte, mit einem Kinderlachen nach meinen Fingern schnappte.

DAS MESSER GEHT AUF DEM BROT hin und her, verstreicht eine schöne gelbe Butter.

»Deine Mutter ist gestorben.«

Mein Großonkel verkündete mir die Nachricht beim Frühstück. Er war extra aus Spanien gekommen, Mamas Heimat.

»Du musst tapfer sein. Du bist jetzt ein Mann.«

Ich war neun Jahre alt.

»Das kam … schlagartig. Eine Art Krankheit der Seele. Später wirst du es verstehen.«

Ich hatte es längst verstanden. Wessen Seele im Haus meines Vaters war nicht krank?

Wir waren zwei Tage in Pau gewesen. Der Kommandant hatte uns auf dem großen Fuhrwerk zur Landwirtschaftsausstellung mitgenommen. *Lieber bleche ich für das Hotel und habe euch im Auge, als dass ich nicht weiß, was ihr hinter meinem Rücken treibt.*

Während er auf der Ausstellung war, ging Mama mit mir ins Kino. Nur sie und ich. Das war mein erster Film, Méliès' *Die Alpträume des Münchhausen*. Die Leute lachten, schrien, und meine Mutter mit ihnen, so hatte ich sie noch nie gesehen. Elf Minuten Glück.

»Sieh mal, Stan! Ein Rieseninsekt! Und da, ein Drache! Sieh mal, Stan, ein Elefant mit Brille!«

Richtig, es gab schon mal einen Drachen in dieser Geschichte. Aber mir war das alles egal. Der Drache, der Elefant mit Brille. Ich schaute gar nicht hin, ich schaute nur zu *ihr*, in dem Geflacker von Licht und Staub, das die Leinwand sprenkelte. Sie hatte sich heimlich geschminkt, nachdem der Kommandant am Morgen gegangen war. Sie sah aus wie eine Schauspielerin.

Noch heute sind *Die Alpträume des Münchhausen* für mich eine elfminütige Großaufnahme des Gesichts meiner Mutter.

Mama hat ihre Augen aus Amerika. Sie selbst hatte das so gesagt, als ich sie einmal fragte, woher die Farbe kam. Stimmte ja auch. Diese Hinterlande, in denen ich mich verlor, diese Canyons voller Sterne, die waren nicht von hier. Sie sagte, sie hätte Wale gesehen, Wellen so hoch wie Kirchtürme, Blumen, die Bienen verspeisten. Der Kommandant hatte ihr verboten, solche Sachen zu erzählen, alles erstunken und erlogen, es gab keine Wale in Spanien, und vor allem hatte er ihr verboten zu sprechen, wenn wir beim Essen saßen, in diesen seltenen Momenten, die wir gemeinsam verbrachten. Also aßen wir schweigend, und mein Vater war zufrieden. Er sah nicht die heimlichen Blicke, die sie mir zuwarf, nicht meine Augen, die sich in ihre versenkten, er sah überhaupt nichts. Und während ich Amerika erkundete, rülpste er vor sich hin.

Nach dem Kino nahm Mama mich mit ins Restaurant, in ein richtiges, mit Tischtüchern. Zu Hause kam sie nur selten aus ihrem Zimmer, wegen der Migräne, und ich war kaum je so lange mit ihr zusammen gewesen.

»Bestell, was du willst, Stanino. Mein Nino.«

Ich wusste nicht, ob ich mich trauen sollte, weil der Kommandant gesagt hatte, wir dürften kein Geld ausgeben. Wenn ich eine schwimmende Insel nahm, war mir die Tracht Prügel sicher. Ich würde wählen müssen.

»Irgendwann, Nino, wirst du mich einladen, nicht wahr?«

»Ja, Mama. Ganz bestimmt.«

»Du lädst mich nach Paris ein. Sag Ja.«

»Ich lade dich nach Paris ein.«

»Wenn du einmal ... Was willst du noch mal werden?«

»Paläontologe.«

»Genau, Paläontologe. Dann lädst du mich nach Paris ein, in deine schöne Wohnung mit Stuck.«

»Und der Kommandant?«

»Willst du, dass er auch kommt?«

Ich murmelte ein Nein, den Mund voll schwimmender Insel.

»Also komme ich allein. Wir sagen ihm nichts.«

»Was ist das, Stuck?«

»So eine Art Deckenbalken, aber schöner. Du bist dann vielleicht verheiratet, mit einem Mädchen so wie du, und sie mag Fossilien. Das ist wichtig, dass ihr dasselbe mögt. Ich habe ein eigenes Zimmer, wo ich auch meine Sachen lassen kann. Vielleicht kann ich sogar für immer darin wohnen, was meinst du? Das würde euch doch nicht stören, oder?«

 »Nein, das würde uns nicht stören.«

Mama redete laut, weil sie Spanierin war, aber nicht deshalb schauten im Restaurant alle zu ihr. Ich sagte es schon, sie war eine schöne Frau, wirklich schön, eine Rothaarige mit Kanten und Kurven wie eine Flamencotänzerin. Ich hatte die Erntehelfer mal *leyenda* murmeln hören, und dabei schielten sie zu ihr hin und taten, als würden sie sich in den Hüften wiegen. Zu Hause sprachen wir zwar nicht viel Spanisch – der Kommandant fand, das hätte zu viel von einem Landarbeiter –, aber ich verstand genau, was sie meinten. *Sagenhaft.*

»Und du führst mich in die Oper aus. Als ich klein war, fand ich das toll, in die Oper zu gehen.«

»In Spanien?«

»Nein, in Buenos Aires.«

Erst da begriff ich, dass meine Mutter keine Spanierin war und dass sie tatsächlich aus Amerika kam, was aber nichts änderte. Ihr ganzes Leben nannten wir sie weiter die Spanierin. Ihr ganzes Leben, das heißt die paar Tage, die ihr noch blieben bis zu ihrer schlagartigen Seelenkrankheit.

»Wir gehen zusammen in die Oper, und es regnet, aber wir haben Schirme dabei, jeder einen eigenen. Danach lädst du mich zum Essen ein. Austern. Du hakst mich unter, weil ich schon alt bin. Es ist spät am Abend, und du betrittst das Restaurant als Erster, so macht man das als Kavalier, und dann fragst du, ob noch Essen serviert wird. Du weißt, was sie dir antworten?«

»Nein.«

»Aber sicher doch, Monsieur, für einen Gast wie Sie immer.«

EINE WOCHE. WIR VERLEGEN unser Suchgebiet auf einen höhergelegenen Teil des Gletschers. Eine Woche und nicht der kleinste Fortschritt. Enorm viel Zeit damit verloren, den Schnee wegzuräumen. Den Fels abzusuchen und das Geröll zu durchwühlen. Die Erschöpfung zu ignorieren, die schlechten Nachrichten. Gio hat entdeckt, dass die drei Gipfel, die uns als Anhaltspunkte dienen, auch von der *anderen* Seite des Gletschers zu sehen sind, von der Nordseite. Wir haben noch genauso viel vor uns wie am Anfang. Das Atmen, das verdammte Atmen, das immer schwerer wird. Enorm viel Zeit, hoffnungslos verlorene Zeit. Die dicke gelbe Luft, die sich nicht atmen lässt.

Als wir einmal abends zurück im Lager sind, jongliert Gio wie abwesend mit einem zu einer Kugel verknoteten Wollpulli, hält ihn mit dem Fuß in der Luft. Dann schiebt er ihn zu Peter rüber, der noch leicht hinkt. Peter lenkt ihn mit seinem heilen Bein ab zu Umberto, Umberto zu mir. Die Wollkugel dreht sich, Gio stoppt sie, über Peter hinweg, Rempelei, zu mir, zu mir, irgendwas ist da passiert. Auf einmal sind Kinder hier in den Bergen. Umberto flankt, der Schuss geht in ein Zelt. Stadionrunde,

Finger in der Luft. Peter kommt aus dem Zelt gehumpelt, Dribbling Umberto, Umberto wälzt sich schreiend über den Boden, der Deutsche spielt ab, ungeschickter Schuss von Stan zwischen zwei Rucksäcke auf dem Boden, unglaubliche Parade von Gio, die Ränge erheben sich und jubeln uns zu, die Murmeltiere toben, der Wind im Gras. Wir lassen uns fallen, außer Atem, zum ersten Mal glücklich. Eine Fußballpartie am Himmel.

Abschlagen, aufkratzen, Haken setzen.

Der August hat sich in aller Stille ausgebreitet. Gio beteiligt sich jetzt an unserer Suche. Wir horchen den Gletscher ab. An seiner Stelle wäre mir das gar nicht lieb, dass man über mich drübertrampelt, mich mit Pickeln traktiert. Ich fürchte, er könnte sich rächen.

Abschlagen, aufkratzen, Haken setzen. Den kleinsten Riss prüfen, man weiß nie. Als ich mich umdrehe, sehe ich, dass sich unser Lager wie eine Entenmuschel an die Berge krallt. In den letzten Tagen hat sich die Landschaft dramatisch verändert. Das Grün des Grases ist gelb geworden. Jeder Halm schreit und erhebt Einspruch gegen diese Ungerechtigkeit. Gio wirft einen besorgten Blick zum Horizont – er weiß, dass der Himmel früher oder später antworten wird.

Abschlagen, aufkratzen, Haken setzen. Wir waren der Zermürbung nahe, als Juri kam.

Juri, das fünfte Mitglied unserer Expedition. Juri, den ich irrtümlich für harmlos gehalten habe. Einige Tage nach uns ist er aus dem Nichts aufgetaucht, wie aus dem Ei gepellt in seiner Militäruniform. Juri mit seinem Akzent eines Exilanten, Juri, Peters Freund, der beim Sprechen über seinen schönen schwarzen Schnurrbart streicht. Juri, der das R rollt, der überhaupt alle Buchstaben rollt.

»Ich war Priester in Bolivien, meine Freunde, Killer in Mexiko, Startänzer an der Scala, Schuhmacher in Paris, König bei den Pygmäen. Mein letzter Beruf … raten Sie mal … Niemand? Und wenn ich Ihnen sage, Céleste, der berühmte Berliner Transvestit? Jawohl, das war ich. Der Liebling der Nachtlokale dieser Stadt.«

Juri ist berühmt für seine Travestiekunst. Er hat uns eine Vorführung gegeben, eine Privatvorstellung. Meine Damen und Herren, Marlene Dietrich.

»Sag mir Adieu … Dürr wird das Gras, Glück ist wie Glas …«

Eine irritierende Stimme, wunderbar moduliert, fast wie eine Frau. Glaubhaft trotz des Schnurrbarts. Wir haben applaudiert, ein perplexes Publikum, überrumpelt von seinem Erscheinen.

»Sehen Sie, meine lieben Freunde, bis heute können die Roten meinen Widerstand gegen die Revolution nicht verwinden. In Russland habe ich alles zurückgelassen, meine Ländereien, meine Familie. Aber noch immer jagen sie mich, wollen an mir ein Exempel statuieren. Also wechsle ich die Stadt, die Identität, das Geschlecht. In Berlin hat mich ein Drecksack verpfiffen, dem ich Geld schuldete. Als ich über die Dächer floh, traf ich Peter. Sie hätten sein Gesicht sehen sollen, als ich bei ihm durchs Dachfenster sprang!«

Peter ist ein genialer Bauchredner. Er haucht seiner Handpuppe so überzeugend Leben ein, dass ihre Geschichten mir manchmal plausibler erscheinen als die von Leucio. Ich hätte fast wetten können, dass Juri sich nicht zu Frauen hingezogen fühlt.

Ich bin zu ernsthaft, keine Frage. Seit meiner Kindheit ordne ich alles in Kästchen ein, das Richtige, das Falsche, was sticht, was brennt, was lustig ist und was gefährlich, was wehtut und was tröstet, man muss das alles kennen und hoffen, dass man überlebt. Juri dagegen ist ein Irrwisch, er springt von hier nach da, wirft alles um wie ein übermütiger junger Hund und bringt die Ordnung der Welt durcheinander. Als ich mir heute Morgen die Steigeisen angezogen habe und mich gerade wieder aufrichten wollte, wunderte ich mich für einen Moment, dass ich ihn nicht sah. Ich sorgte mich um jemanden, den es nicht gab! Da konnte ich nicht anders, und ich fragte Peter, woher er seine Puppe habe, natürlich alles erfunden, keine echte Person, aber ich musste einfach verstehen, wo ich sie einsortieren sollte. Der Deutsche ließ seine Hände wirbeln und trällerte, auf den Lippen das Lächeln der Dietrich: »Wer weiß, wer weiß?«

Mit seinem wuscheligen Wollkopf ist Juri zu unserem letzten Schutz gegen die Müdigkeit geworden. Wir rufen nach ihm, er lässt sich ein wenig bitten, dann kommt er unter Applaus aus Peters Rucksack. Gestern Abend hat er sich Umberto zugewandt: »Was hat deine Mutter dir zu essen gegeben, als du klein warst? Sizilien?«

Umbertos Lachen eine Toccata für Orgel. Gio ein Fältchenmeer. Selbst ich, der viel zu ernsthafte Junge, selbst ich musste herzhaft lachen.

Ein atheistischer Hüne, der sich in eine Venus verliebt hat. Ein ehemaliger Seminarist und Bauchredner. Ein Hochgebirgsführer, der die vergessene Sprache der Berge spricht. Hätte ich sie früher kennengelernt, ich wäre vielleicht nicht mit einem Trilobiten als einzigem Freund aufgewachsen.

AUF DER ANDEREN SEITE DER WAND tobte die Schlacht. Armeen trafen aufeinander, meine Mutter gegen den Kommandanten, es konnten nur Armeen sein, wer sonst machte einen solchen Lärm, ein solches Geschrei. Mit dem Kopf unterm Kissen stellte ich mir die Szene vor, die kleinen Soldaten, die auf dem Boden ihres Schlafzimmers verstreut lagen, die verblutenden Reiter, die Bogenschützen, überrannt bei einer Attacke. Später erfuhr ich, dass dieses Spiel ohne Soldaten gespielt wurde.

Einmal läutete mittags die Polizei an der Tür. Der Kommandant machte den Gendarmen auf, er ging oft mit dem Hauptmann auf die Jagd, und der machte ein Gesicht, als wäre ihm ihr Erscheinen unangenehm. Sie sprachen leise, der Kommandant ließ ihn und seine Männer herein und bot ihnen einen Schluck an, der Himmel sah nach Schnee aus, da konnte es nicht schaden, sich aufzuwärmen, nicht wahr, Jungs?

Ich ging mit der Schnapsflasche um den Tisch und passte auf, dass ich nichts verschüttete. Die Gläser verschwanden in ihren Pranken, sie strotzten vor Kraft und vor Stolz. Der Kommandant deutete auf die Tür: *Und jetzt hau ab.*

Eine Stunde später gingen die Gendarmen wieder, sie lachten. Der Hauptmann verabschiedete sich mit einem Kopfnicken von mir, er trug seine schöne Uniform. Ich hasse Uniformen.

Als sie fort waren, sagte der Kommandant, ich solle mich ans Kopfende des Wohnzimmertischs setzen. Das war der Tisch der großen Versammlungen, der Tisch, an dem wir an Weihnachten aßen und wo das Geld gezählt wurde. Er thronte auf der anderen Seite des Tischtuchs, uneingeschränkter Herrscher über ein Meer rot-weißer Karos.

»Sag, wie alt bist du?«

»Sechs.«

»Dann bist du alt genug, um zu verstehen, was in der Familie los ist. Das bleibt auch in der Familie, nicht wahr?«

Ich sagte Ja, denn man musste immer Ja sagen, wenn man »nicht wahr?« hörte. Der Kommandant starrte mich an, über den Tisch gebeugt wie über einen Hackklotz.

»Du hast nicht zufällig jemandem von uns erzählt? In der Schule? Dem Pfaffen?«

»Nein.«

»Ich meine, wir sind anständige Leute. Vielleicht nicht perfekt, das ist keiner. Kommt vor, dass sich jemand irgendwo stößt, oder? Drei blaue Flecken, das geht niemanden etwas an, solange es bloß blaue Flecken sind, kapiert? Das war schon bei meinem Vater so, bei meinem Großvater, und für deine Kinder wird es auch so sein. So ist das im Land der *Pires Aînés*.«

 Er stand auf, schenkte sich nach und setzte sich

neben mich. Dicke blaue Adern zogen sich an seinem Hals durchs Fleisch. Mit seinen groben Fingern kniff er mich in den Arm.

»Nicht zu fassen, so ein mickriges Kerlchen. Eines Tages wirst du stark sein. Stark wie dein alter Herr. Das würde dir gefallen, was? Dann kannst du hinterm Pflug stehen. Das würde dir gefallen, nicht wahr?«

»Ja.«

»Sollen wir Armdrücken machen?«

»Nein.«

»Na komm schon. Versuch, länger durchzuhalten als beim letzten Mal. Den Daumen gut einhaken, so. Und anspannen, *bevor* du zudrückst, kapiert? Sonst dreht dich jeder Lappen um. Eins, zwei …«

Er knallte meinen Arm auf den Tisch.

»Mensch, das kann doch nicht wahr sein! Bist du so schwer von Begriff? Was habe ich eben gesagt? Du hast nicht mal dagegengehalten! Komm schon, noch mal. Und hör auf zu flennen. Einhaken …«

Er redete weiter, ich hörte nicht mehr zu. In Gedanken war ich durchs Fenster entwischt und rannte durch die Nacht, hin zu Pépin, der draußen umherstrich, Pépin, mein König, mein apfeltrunkener kleiner Hund, mein Wächter der Dämmerung.

EINUNDZWANZIGSTER TAG. Nichts am Südrand des Gletschers, wo ich die Höhle zu finden hoffte. Nichts am größten Teil der gegenüberliegenden Wand, von wo aus die drei Gipfel, die Leucio erwähnt hat, ebenfalls zu sehen sind.

Die Sonne geht unter. Zurück zum Lager, vor Müdigkeit mit kürzeren Schritten. Uns bleiben nur noch etwa zehn Meter abzusuchen, in einem Tag zu schaffen. Die Höhle *muss* sich dort befinden. Wenn ich an meinen einfältigen Wunsch denke, sie nicht sofort zu finden, könnte ich mich ohrfeigen.

Den Misserfolg vor Augen, steigt die Anspannung, und Juri lässt sich nicht zweimal bitten. Eine Bemerkung hier, eine Anspielung dort, alle bekommen ihr Fett weg. Umberto trifft der Spott jedes Mal wegen seiner Größe, Gio wegen seiner rätselhaften Sprüche. Auch Peter entgeht den Attacken nicht – Juri fragt ihn ständig, warum er noch Junggeselle ist. Ich könnte nicht sagen, ob mich die Art, wie Peter sich mit der Stimme seiner Puppe selber auf die Schippe nimmt, entsetzt oder amüsiert.

An diesem Abend zieht Juri sehr ernst an seinem Schnurrbart und starrt mich über das Feuer hinweg an.

»Mein lieber Stanislas, da man immer an die Zukunft denken sollte, möchte ich Ihnen ein neues Projekt antragen. Aus sicherer Quelle, durch den sechsjährigen Neffen meines angeheirateten Cousins Boris, habe ich erfahren, dass der Weihnachtsmann am Nordpol lebt. Würde es Ihnen zusagen, mir bei der Suche nach ihm zu helfen? Sie sind doch Spezialist für solche Expeditionen, oder?«

Hätten die anderen gelacht, ich hätte mitgelacht. Aber Umberto schaut betreten zu Boden. Mein Teller fliegt. Die Linsen fliegen, das Kaninchen, das Gio erst vorhin geschlachtet hat, jeder bekommt seinen Teil ab, einschließlich Juri, *ihr könnt mich alle mal.*

Ich verschwinde in die Nacht. Hinter mir Totenstille. Zurückkommen werde ich erst, wenn alle schlafen gegangen sind, denn ich schäme mich. Denn dieser Wutanfall, das bin nicht ich. Das ist ein uralter Fluch, ist das Scheußliche des alten Herrn, das in meinen Adern fließt und mich vergiftet.

Wie groß ist die Wahrscheinlichkeit, dass wir die Höhle nach drei Wochen Suche ausgerechnet im letzten Quadrat finden? Meine Freunde haben ihre Zweifel, und ich kann es ihnen nicht verdenken. Selbst Christus hatte seinen ungläubigen Thomas. Jaja, ich weiß, der gute alte Stan hält sich für den Messias. Aber nenne man mir bitte *eine* große Entdeckung, an die alle geglaubt haben. Das Telefon vielleicht, das Flugzeug? Nenne man mir *einen* bedeutenden Menschen, der in seiner Zeit verstanden wurde. Giordano Bruno? Bei lebendigem Leib verbrannt. Mozart? Des Nachts in einem Massengrab verscharrt. Und dennoch dreht sich die Erde um die Sonne. Und dennoch das *Requiem*.

Soll Juri sich ruhig lustig machen, soll er mich demütigen. Soll man einen Widerruf von mir verlangen, mich öffentlich vierteilen, mich kreuzigen. Soll man mich verhöhnen, mich ohne Messe noch Motette begraben, soll man meinen Namen in den Staub spucken.

Und dennoch.

15. August. Das so gefürchtete Gewitter ist losgebrochen. Ein ganzer Arbeitstag geht uns verloren – bei einem solchen Wetter das Zelt zu verlassen kommt nicht infrage. Ich bin den Elementen fast dankbar, dass sie mir weitere vierundzwanzig Stunden Hoffnung schenken. Wegen des Gewitters durften wir zum ersten Mal erleben, wie unser Bergführer in Rage geriet. Nachdem er im strömenden Regen eine Runde durchs Lager gedreht hatte, sagte er, wir sollten alles Metallische wegwerfen, was wir noch bei uns hätten. Peter wollte sich erst partout nicht von den paar Münzen in seinen Taschen trennen. Ich dachte schon, Gio würde ihm eine scheuern, und Peter war wohl auch kurz davor – der junge Deutsche warf erbost seine Handvoll Lire in den Regen. Diese Kupferglöckchen haben ihm das Leben gerettet. Denn im selben Moment roch die Luft nach Ozon, und auf unseren Armen stellten sich die Härchen auf. Dann schlug der Blitz ein. Ein elektrischer Finger brachte die Münzen mitten im Flug zum Klingen, und der Himmel explodierte mit einem gewaltigen Lachen, amüsiert über diese allzu einfache Partie Wurftaubenschießen. Peter war sofort ohnmächtig.

Noch nie, seit ich mich erinnere, habe ich ein solches Unwetter erlebt. Früher, in meinem Dorf, kamen die Gewitter immer wieder über uns, aber schon auf dem Weg von den Pyrenäen herab hatten sie sich derart ausgetobt, dass ihre Wut verraucht war. Sie grollten böse, das war alles, und die Menschen taten, als würden sie ihnen glauben. Aber hier … Hier sind wir in der Küche, wo die Unwetter köcheln. Heute habe ich gelernt, dass Gewitter einen Geschmack haben, einen Geschmack von Metall und Gestein, der einem den Mund verzinkt.

Es regnet ununterbrochen bis tief in die Nacht. Die Blitze flimmern über den Gipfeln und schleifen sie ab, modellieren die Landschaft mit Lichtbögen unter einem Himmel wie ein Bluterguss. Ich muss an den Jungen denken, der sich vor fast achtzig Jahren hier verirrt hat, gejagt von einem ähnlichen Gewitter. Stelle mir vor, wie er ein riesiges Fossil entdeckt, mit einem Schwanz so lang wie die Straße, an der er geboren ist, und einem Hals, um die Wolken abzuweiden. Er kann kaum atmen, noch nie in seinem Leben hat er solche Angst gehabt. Also nennt er die Kreatur »Drache«, denn selbst ein Drache ist besser als das Nichts. So können sie miteinander sprechen und sich ihre Geschichten erzählen. Der Regen wird schon irgendwann aufhören.

Der Junge weiß noch nicht, dass er eines Tages sein Dorf verlassen wird, seine Familie, seine Freunde, dass er einen langen Weg vor sich hat, genau wie ich. Und ebenso wenig weiß er, dass er, die Augen schließend in einem Gestank von Abwässern, weit weg von den Seinen sterben wird, in einer Stadt, die so hart ist, dass er dort keine Spur hinterlässt. Er weiß es nicht, und das ist auch gut so.

In meinem von Kondenswasser schweren Zelt rüttelt sanft der Morgen an mir. Was ist passiert? Etwas ist in mir, was vorher nicht da war. Eine ruhige Gewissheit, ein Kribbeln in den Fingern. Und mit einer Intuition, die zu deutlich ist, als dass sie rein menschlich wäre, spüre ich, dass wir dem Ziel nahe sind. Ich sagte, ich hätte niemals gezweifelt, aber ich gebe zu, das war gelogen. Ich wollte nur eine gute Figur machen.

Die Luft ist wasserklar. Am Ende des Hochtals lackiert die aufgehende Sonne den Gletscher wie einen Rennwagen, *rosso corsa* unter einem französischblauen Himmel. Mein Bächlein, das schon versiegt war, ist zurückgekehrt. Es ist jetzt ein echter jugendlicher Gebirgsbach. Seine Stimme ist tiefer geworden, auch wenn hier und da, sobald er gegen einen Stein stößt, noch ein helles Klingeln hervortönt. Für einen Moment überlasse ich mein Gesicht seinem fröhlichen Gruß, und dann laufe ich, ohne mich auch nur abzutrocknen, zu meinen Freunden und wecke sie.

WENN DER MORGEN das nächste Mal an mir rüttelt, schlage ich die Augen nicht auf. Das ist eine Falle. Der Morgen lügt die Geweckten an, die Geschäftsleute, die Verliebten, die Studenten, die Todeskandidaten und, jawohl, auch die Paläontologen. Er erfüllt uns mit Hoffnung, so kann er uns umso tiefer enttäuschen. Der Abend, einen lichten Tag älter und weiser, hat mich belehrt: Wie konnte ich nur so naiv sein und dem Morgen glauben.

Zehn Stunden. So lange haben wir heute gebraucht, um die Suche abzuschließen. Es gibt keine Höhle in diesem Kar. Auch keinen Drachen, so wenig wie einen Topf voll Gold am Ende des Regenbogens oder Liebe im Herzen der Väter. Bloß Füße, die unter tauben Beinen vor sich hin stolpern. Zum letzten Mal laufen wir im Gänsemarsch auf das Lager zu. Gio ist vorausgegangen, um Feuer zu machen, es wird schon dunkel.

Kaum haben wir den Gletscher hinter uns, schließt Peter zu mir auf. Falls er sich wegen neulich Abend entschuldigen will, kann er es vergessen. Mit der Puppe in der Hand verliert er manchmal den Boden unter den Füßen, die Kindheit saugt ihn auf. Ich will ihn nicht kritisieren, schließlich bin ich fast in meiner eigenen ertrunken. Sie hat mich zurückgespült, halb tot und nach Luft ringend, an der Schwelle zum Mannesalter.

»Juri, wollte ich sagen …«

»Schon gut, Peter, Schwamm drüber.«

»Ich habe ihn im Seminar kennengelernt.«

Peter kommt nicht, um sich zu entschuldigen.

»Er hätte Ihnen gefallen. Juri sagte immer, der Mensch ist dazu bestimmt, aufzubrechen. Wer nicht aufbricht, findet niemals einen Schatz. Am Ende hat er genau das getan. Er war verrückt … Er war verrückt, und er war mein Freund.«

Ich atme tief ein, ziehe die Nacht in meine Lunge und überlasse sie langsam wieder sich selbst.

»Warum sagen Sie mir das?«

»*Ach*, das ist nur eine Geschichte.«

Alles ist ruhig.

»Weshalb haben Sie das Seminar denn verlassen?«

»Wunsch nach Veränderung.«

»Peter. Neulich Abend … Ich habe überreagiert.«

»Das verstehe ich, *ja*. Juri kann einem auf die Nerven gehen. Der echte konnte das auch.«

Schon ist Peter wieder verschwunden, verschluckt von der Dunkelheit. Hinter mir knirschen die Schritte meiner Gefährten auf dem Schiefer. Weit vor uns leuchtet ein Pünktchen auf, schwankt, wächst, wird zu einer Flamme und trifft auf eine andere, sie tanzen, feiern Hochzeit, bilden eine große gelbe Familie, vielköpfig und beruhigend. Gio hat das Feuer angezündet.

 Aufbrechen. Als wäre das so einfach. Ich hätte diesem

Juri sagen können, dass manche Menschen aufbrechen und keinen Schatz finden. Nicht jeder ist der Cousin Capolungo. Nicht alle können in Hollywood Erfolg haben. Nicht alle entdecken einen Drachen.

Die unmittelbare Enttäuschung ist das eine. Aber meine Traurigkeit kommt von weiter her. Sie kommt von dem kleinen Jungen, der eines Tages beschloss, Paläontologe zu werden. Nicht aus Lust am Abenteuer. Nicht um prominent zu sein oder um des Ruhmes willen – auch wenn mir beides zupasskäme. Genauso wenig, um von den Kollegen anerkannt oder reich zu werden, ganz und gar nicht! Nein, man wird Paläontologe, weil man die Geschichten liebt. Weil man davon erzählen möchte, sich selbst und den anderen.

Ich hatte wirklich geglaubt, diese Geschichte wäre es wert.

Meine Kameraden essen schweigend. Peter ist so taktvoll gewesen, das Phantommitglied unserer Expedition nicht hinzuzubitten, es ist im Rucksack geblieben. Der junge Deutsche macht ein nachdenkliches Gesicht. Ich werfe die Wörter in die Nacht.

»Morgen brechen wir die Zelte ab.«

Niemand sagt einen Ton. Gio schürt das Feuer, die Augen auf die Flammen gerichtet. Sein Leben ist hier, im Land des Nichts. Ob er am nächsten Tag zurückkehrt oder in zehn Jahren, das ist für ihn fast dasselbe. Umberto hockt ungerührt da, aber in diesen drei Wochen habe ich mehrmals gesehen, wie er das Foto seiner Verlobten angeschaut hat. Ich glaube, er brennt vor Ungeduld, bald wieder bei ihr sein, falls ein Paläontologe diesen Zustand überhaupt kennt.

Nur Peter kann nicht stillhalten. Und dass sein Bart als einziger nicht gewachsen ist, passt auch nicht ins Bild. Während wir verschlungen werden von unserer Behaarung, trägt er einen roten Flaum, für den er sich vor einer Woche eine Bemerkung von Juri anhören durfte.

»Ich habe Frauen gekannt, die hatten mehr Haare auf dem Hintern!«

Peters Zähne nagen an den Lippen, sein Kopf schaukelt hin und her.

»Es sei denn«, erklärt er auf einmal.

Normalerweise endet eine solche Bemerkung im Offenen, drei Pünktchen, die das Gegenüber kitzeln und zu einer Nachfrage animieren. Es sei denn was? Aber Peter hat seinen Satz mit einem Punkt erschlagen, zack und Schluss, als wäre ihm ein Fortfahren zuwider. Zum ersten Mal, seit ich ihn kenne, scheint hinter dem ständigen Überschwang in seiner Miene tiefe Besorgnis auf.

»Es sei denn, unser Gletscher ist eine statistische Abweichung«, setzt er nach einer langen Minute wieder an.

»In welchem Sinne?«, fragt Umberto in gelehrtem Ton, es erinnert mich daran, dass er sein Doktorvater ist.

»Was wäre, wenn der Gletscher sich, und das ist nur eine Hypothese, *gegenläufig* zur Norm in dieser Periode entwickelt hätte? Wenn er, statt zu stagnieren oder gar zu schrumpfen, weiter gewachsen wäre?«

Peter nimmt einen Stock und zeichnet etwas in die Ascheschicht um das Feuer.

»Hier der Eisbruch, wo wir unsere Suche eingestellt

haben. Die Verwerfung könnte zurückzuführen sein auf ein Zusammenspiel von starken Niederschlägen und Hangachse. Eine Reihe besonders harter Winter hätte dann bewirkt, dass sich die Gleichgewichtslinie des Gletschers mit großer Geschwindigkeit voranschob. Heiße Sommer, wie das in diesen Breiten oft der Fall ist, hätten dann den *close-off* verzögert.«

»Und das war noch mal was?«

Die Geologie, die Glaziologie sind Disziplinen, die mich schon immer gelangweilt haben, auch wenn sie für meinen Beruf unentbehrlich sind. Viel lieber ist mir das Lebendige. Selbst wenn es seit hundert Millionen Jahren tot ist.

Peter fährt fort, als redete er mit einem Kind: »Stellen wir uns vor, unser Gletscher wäre sehr viel weiter vorgerückt, als wir dachten. So schnell, dass er unter seinem eigenen Gewicht zusammengebrochen wäre, weil die unteren Schichten keine Zeit hatten, sich zu verfestigen. Das würde bedeuten …«

»… dass wir zu weit unten gesucht haben. Vor achtzig Jahren wäre der Gletscher viel weiter oben gewesen als heute! Natürlich!«

Peter bleibt fast die Luft weg unter meiner Umarmung, aber dann quittiert er sie, verlegen und steif wie eine Vogelscheuche, mit einem Lachen.

»Wie gesagt, das ist nur eine Arbeitshypothese, ausgehend von der Möglichkeit einer statistischen Abweichung. Mit anderen Worten, vielleicht nur eine verrückte Idee. Aber da das Wetter noch gut zwei oder drei Wochen mitspielen sollte …«

Was halten die anderen davon? Umberto? Sein großer Kopf wackelt wie ein balancierender Fels. Gio? Ein Achselzucken. Zwar habe ich aus seinem Mund nie ein Wort Italienisch oder Französisch gehört, aber er scheint alles, was wir sagen, zu verstehen. Ich hebe ein imaginäres Glas, weil der Bursche es sich verdient hat – und weil wir den Pflaumenschnaps vor zwei Tagen ausgetrunken haben.

»Auf die verrückte Idee. Und auf Peter!«

Pure Luft auf ex, das Gesicht des Deutschen zeigt ein vergnügtes Rot. Ich bin nicht naiv, die Chancen sind nach wie vor gering. Aber mit Freuden nehme ich diesen Aufschub an, das Erschießungskommando hat in letzter Minute die Gewehre gesenkt, auch wenn alle wissen, dass die Begnadigung später zurückgenommen wird. Wer wollte dem Verurteilten den Wunsch vorwerfen, noch ein paar Tage in seiner Zelle zu verbringen.

Außerdem hat vielleicht genau das gefehlt: dass mein Traum ins Wanken gerät, damit etwas Großes geschehen kann.

KINDHEITSERINNERUNG. Ein altes, aus der Mülltonne gefischtes Bettlaken, aufgespannt zwischen dem Wohnzimmertisch und den Sesseln: meine Burg mit den tausend Türmen, eine uneinnehmbare Festung auf dem Dach der Welt. Man muss nur daran glauben.

Daran glauben. Aber zuerst heißt es, die blaue Steilwand hinauf, um auf den höhergelegenen Teil des Gletschers zu gelangen, dreißig Meter weiter oben. Das Glück ist uns hold: Der Fels, auf dem das Eis an seiner Bruchstelle aufliegt, hat natürliche Stufen ausgebildet. Wir haben sie mit Haken und Seilen gesichert.

Daran glauben. Das neue Suchgebiet erstreckt sich über gerade mal hundert Meter, wenn die drei Gipfel im Blickfeld bleiben sollen. An dieser Stelle ignoriert der Gletscher den Fels, läuft verächtlich an ihm entlang und schleift das Gestein, das sich ihm zu widersetzen wagt, höckerrund. Wir sind in einem Meer aus Eistürmen und Eisblöcken, manche groß wie Häuser. Derselbe Gletscher, eine andere Welt. Noch vorsichtiger sein.

Und weiter daran glauben.

Fünf Tage lang.

Umsonst.

Nichts als ein löchriger Traum, verschlissen bis auf den Faden.

Blieb nur, sich den Tatsachen zu beugen. Und aufzugeben. Einen krummen Buckel zu machen, wie mein Trilobit mir beigebracht hatte. Sich einzukuscheln, lange zu schlafen, vielleicht für immer. Ich lehnte an der Wand und biss in einen frischen Apfel. Auf dieser Höhe, wo alles mineralisch ist, war das Fruchtige eine Erinnerung an eine Welt von vergessener Rundheit. Zum ersten Mal schien mir der Gedanke, den Rückweg einzuschlagen, nicht mehr unerträglich – selbst wenn es das Scheitern bedeutete, den Spott im Gesicht des Rektors auf meine Bitte, mir mein Büro im Untergeschoss wiederzugeben, mir, dem großen Forscher mit den schartigen Händen als einziger Trophäe. Ich schloss die Augen.

»Haaaabt acht! Was fällt euch ein, Soldaten zweiter Klasse, ihr schnarcht während der Wache? Drrrrei Tage Arrrest!«

Juri rollte missbilligend die Buchstaben und seine Knopfaugen. Es war das erste Mal, dass er an einem anderen Ort als bei der Feuerstelle in Erscheinung trat. Peter hatte ihn mitgebracht, um uns aufzumuntern. Aber heute war selbst Umberto geknickt. Der Deutsche begann einen getuschelten Streit mit seiner Puppe, ein letzter Versuch, uns zum Lachen zu bringen.

»Siehst du nicht, dass du diese eminenten Wissenschaftler beim Mittagessen störst, Idiot?«

»Habe ich vielleicht etwas zum Essen?«

»Du hast keinen Magen, du Mottensack.«

»Wie bitte?«

Die beiden wurden handgreiflich, Juri biss Peter in die Nase, Peter zog Juri an den Haaren.

Vier Erwachsene im Hochgebirge, und einer von ihnen rauft mit einer Puppe. Peter hatte Sinn fürs Absurde.

Während die Harlekinade in vollem Gang war, blitzte etwas in hohem Bogen durchs Sonnenlicht. Der Deutsche stieß einen Schrei aus, warf sich auf alle viere und wühlte fieberhaft im Schnee.

»Juris Creole! Sie ist runtergefallen!«

Juri trug einen goldenen Ring am Ohr, das war mir erst vor ein paar Tagen aufgefallen. Peter schien in Panik zu geraten. Und so wie er mit der rechten Hand grub und Juri weiter in der linken hielt, hatte das Ganze etwas Surreales, als würden Mensch und Puppe gemeinsam suchen.

»Ich hab sie! Ich hab sie gefunden … hab sie gefunden …«

Ohne Vorwarnung stieß Umberto seinen Assistenten beiseite und begann, an derselben Stelle zu scharren. Im ersten Moment fragte ich mich, ob wir, Ambosse unterm Hammerschlag der Sonne, nicht alle schon den Verstand verloren. Umberto wischte den Schnee mit diesem übernatürlichen Feingefühl fort, das ihn bei der Arbeit auszeichnete, fast Flocke für Flocke. Mein alter Freund warf mir ein triumphierendes Lächeln zu – eine imposante Klaviatur mit fehlender Taste.

Dann erblickte ich sie. Unter dem Pulver war eine Schicht glatten Eises, klar wie eine Fensterscheibe, und darunter, deutlich erkennbar in zehn Meter Tiefe, eine weite Öffnung im Fels. Gio trat ebenfalls heran und kratzte sich am Augenwinkel, ein ungewohntes Zeichen von Begeisterung.

Ich sah Kinder auf dem muffigen Boden eines Pariser Kellers im Kreis sitzen und die Worte eines Mannes schlürfen, der ohne sie nichts war, nichts als der Alte, der die Mülleimer rausbrachte. Er wurde zu einem Zauberer, einem Herrn der Schatten, und nach Belieben verwandelte er die tristen Wände in kambrische Landschaften. Der alte Leucio war ein genialer Paläontologe.

»DAS IST *EINE* HÖHLE. Nicht zwangsläufig unsere.«

Sie präsentiert sich hinter einer Eisvitrine von erstaunlicher Transparenz, einem Quader mit quadratischer Grundfläche, den der Gletscher zur Bewachung des Eingangs dort hingeschoben hat. Peter zufolge sollte sich der Block nicht an dieser Stelle befinden. Er weist eine extreme Dichte auf, typisch für die Tiefen, in denen der *close-off* erfolgt und die Luftbläschen im Eis diffundieren. Die einzige Erklärung für sein Vorhandensein, auch für die außergewöhnliche Verschiebung des Gletschers sowohl in der Höhe als auch in der Länge, wäre ein seismisches Ereignis. Ein Erdbeben, bestätigt Umberto, es würde zugleich den Abbruch des Gletschers erklären: das Erdbeben von 1887 in Ligurien. Und wenn nicht dieses, fährt der *Professore* fort, gebe es unter den hiesigen Tälern genügend Verwerfungen, die kaum bekannt seien und nur darauf warteten, die Menschen im Schlaf zu erschüttern.

»Habt ihr gehört, was ich gesagt habe?«, ergreift der Deutsche wieder das Wort, lauter jetzt. »Das ist *eine* Höhle …«

»Jaja, man hört dich bis nach Turin. Nicht zwangsläufig unsere.«

Peter hat recht. Die Naturereignisse, um die es hier geht, sprechen von einer für Laien kaum fassbaren Gewalt, nicht anders als die geologischen Zeiten oder die Entfernung der Sterne. Unsere Höhle ist nur ein Riss in einem Stück Stoff, um das sich irgendwelche Riesen streiten, zerrend am Gewebe der Welt. Aber die Öffnung ist da, ungefähr an der Stelle, wo wir die Höhle zu finden hofften, und sowenig sich behaupten lässt, dass es die richtige ist, so wenig lässt sich behaupten, sie wäre es nicht.

Bleibt die Frage, wie wir rankommen. Als wir wieder im Lager sind, ergibt eine Überprüfung unserer Ausrüstung, dass wir zwar alles dabeihaben, um Gelände freizulegen, aber nicht, um uns in eine solche Tiefe vorzuarbeiten. Wir haben nur eine richtige Spitzhacke. Wir werden die Pickel nehmen müssen. Und dann treiben wir einen Schacht ins Eis, einen Meter im Durchmesser und etwa zehn Meter tief, senkrecht auf den Eingang zu. So können wir in die Höhle hinein, vorausgesetzt, sie ist nicht ebenfalls voller Eis. Aber wie Peter versichert, ist das unwahrscheinlich. Der Block, der den Zugang versperrt, müsste es verhindert haben. Tatsächlich macht die Öffnung von oben aus einen recht dunklen, recht leeren Eindruck.

Gio steht auf. Allgemeine Überraschung. Normalerweise spricht unser Führer ohne Vorankündigung, ohne das kleinste Räuspern, er wartet ab, bis sich ein Spalt in unserer Unterhaltung auftut, und wirft hinein, was er zu sagen hat, worauf Umberto übernimmt. Ich mache mich auf einen Spruch *alla* Gio gefasst, eine dieser Sentenzen, die Juri seit unserer Ankunft immer wieder parodiert, in diesem großartigen Dialekt natürlich, der seine Worte mit der Patina einer altüberlieferten Weisheit versieht. In rauem Ton erklärt er: *»Doa setemanes.«*

Zwei Wochen. Der September rückt näher, und wir wissen, was Gio damit sagen will. Unmöglich, eine Prognose abzugeben, wie das Wetter in zwei Wochen wird. An diesem ruhigen Abend begreife ich es. Der Herbst lauert vor den Toren des Hochtals. Gio hat ihn gespürt. Und er weiß, dass auch die Jahreszeit unsere Anwesenheit gewittert hat. Ich glaube ebenfalls ihren Hauch wahrzunehmen, den schneeigen Faden im Gewebe des Sommers, der über uns streicht und dabei Maß nimmt. Der Countdown läuft. Denn in dieser Höhe hat der Herbst nicht viel gemein mit dem Herbst im Flachland. Er ist nicht bloß eine leichte Verbiegung des Sommers, ein Winkel, der zum Bogen wird, abgehobelte Tage und die hervorgeholte Daunendecke. Hier ist der Herbst ein wildes Tier aus Fleisch und Krallen. Und der Winter … Niemand weiß, wie er aussieht in diesem Felsentheater. Wer ihm je begegnet ist, ist nicht zurückgekehrt, oder er hat das Geheimnis bewahrt.

Umberto und Gio unterhalten sich mit gedämpfter Stimme, dann übersetzt mein Freund.

»Uns bleiben noch etwa vierzehn Tage. Vielleicht ein paar mehr, vielleicht ein paar weniger. Beim geringsten Anzeichen von Schneefall brechen wir auf. Sobald Gio es anordnet, gehorchen wir, und keine Diskussion. Unsere Rucksäcke müssen jederzeit gepackt sein. Das Lager lassen wir, wie es ist, für nächstes Jahr, falls wir noch mal herkommen müssen. Oder es wird abgebaut, wenn das Tal am Ende des Frühjahrs wieder zugänglich ist. Verstanden?«

Wir befinden uns an einer Stelle, wo die Winde aufeinandertreffen, hat Umberto mir vorm Schlafengehen erklärt. Das macht diese Gegend so unbeständig, die Wutanfälle der Winde so bedrohlich. Kaum ist es Herbst, stößt der Gregale (der Grieche, den wir bei uns Tramontana nennen) dem Mistral in die Flanken. Und der, nicht eben helle, lässt sich jedes Jahr überrumpeln. Jahr für Jahr reagiert er auf dieselbe Weise, er bäumt sich auf, brüllt wie ein verwundetes Tier, beißt dem Griechen in den Hals und wirft ihn zur Strafe für seine Unverschämtheit zu Boden. Die Jahreszeiten geraten in diesen Kampf hinein, und so kommen und gehen sie, wie es gerade passt. Manchmal aalt sich der Sommer bis in den Oktober. Manchmal schneit es im August.

Gios Anspannung kann ich jetzt besser verstehen. Umberto hat mir erzählt, dass er vor fünfzehn Jahren seinen Sohn verloren hat, in einem Nachbartal auf der italienischen Seite. Carlo führte eine englische Seilschaft, als der Schnee sie überraschte. Einer der Engländer kehrte um. Die anderen meinten, das sei nur eine Laune des Wetters, und bestanden darauf weiterzuklettern. Carlo wollte seine Kunden nicht allein lassen und verschwand mit ihnen, spurlos. Seither ist er, wie so viele vor ihm, Teil der Berge. Ob Gio deshalb sein Leben hier oben verbringt? Sind seine Wege eine endlose Pilgerfahrt? Oder hofft er insgeheim, dass die Gipfel ihm eines Tages die sterblichen Überreste seines Sohnes aushändigen? Dass eine frühe Schmelze ihn, eingeschlafen in seiner altmodischen Kleidung, am Rand eines Pfads freigibt?

Umberto steht auf und geht ein paar Schritte, um sich in der Nacht zu erleichtern. Ich wende mich ab und betrachte unser Lager. Gio lehnt sich zum Feuer hin, den Kopf leicht zur Seite geneigt. Man könnte meinen, er lauscht. Hört er im Knistern des Holzes irgendein Orakel, für das ich taub bin? Je länger ich mit diesem Mann zu tun habe, desto mehr beeindruckt er mich. Er ist frei von jedem Verlangen. Ich wünschte, ich könnte den gleichen Schlaf schlafen wie er, einen sanften Tod, aus dem ich jeden Morgen zur Frühstückszeit wieder zum Leben erwache. Aber vielleicht idealisiere ich ihn auch. Vielleicht verfolgt ihn im Traum ja das Gesicht seines Sohns, wie er im Giotto-Gold des Morgens sanft entschlummert, nur ein paar Minuten vor der rettenden Sonne.

Jenseits der Flammen sitzt Peter über seine Puppe gebeugt. Er flickt sie, auf den Lippen ein leises Lächeln. Im Wind höre ich, dass er ein Wiegenlied summt. Es ist eine friedliche Szene, aber das überrascht mich nicht mehr. Nach einem Monat in dieser feindlichen Welt sind wir eine Familie. Eine echte, in der allerlei Schrullen und auch das Unverständnis ihren Platz haben.

»Berti?«

Hinter mir kommt Umberto wieder, mit diesem leichten Schritt, der alle irritiert, einschließlich der Steine unter seinen Füßen.

»Ja?«

Mit dem Kinn deute ich auf Peter, der jetzt das Haar seiner Puppe entwirrt.

»Ein bisschen sonderbar ist er schon, oder?«

»Stanè, Stanè ... Wo hast du deinen Sinn für Humor?«

»Sinn für Humor hatte ich noch nie, das weißt du.«

»Manche Leute rauchen, andere fahren Fahrrad, lösen Kreuzworträtsel ... Peter hat seine Puppe.«

»Mir wäre lieber, er würde rauchen.«

»*Tranquillo.* Er ist ein hervorragender Wissenschaftler. Und erst zweiundzwanzig.«

»Das ist keine Entschuldigung für seine Kindereien.«

Umberto zeigt ein drolliges Lächeln.

»Nein. Die Kindereien macht er, weil er verliebt ist.«

»Sie wird auf ihn warten.«

»In dich.«

Ich höre das Lachen des Kommandanten, sein spöttisches Röhren, wenn er von diesen Männern sprach, die nicht auf Mädchen standen, und was diese Typen zu erwarten hätten, wenn man einen von ihnen erwischte, und sollte Stan ein Kissenbeißer sein mit seinen blöden Fossilien, ein Homo, eine Schwuchtel, ein Ritter der Rosette, dann würde man ihm den Quatsch schon austreiben.

»Du meinst, er ist ...«

»Ich weiß nicht, was er ist, *non m'importa*, ist doch egal. Ich spreche von geistiger Liebe. Peter bewundert dich. Ich habe ihm so viel von dir erzählt, dass er ganz versessen darauf war, dich kennenzulernen. Er will dich nur beeindrucken.«

»Und was hast du ihm erzählt?«

»Die Wahrheit. Dass du ein Engel bist an geraden Tagen, ein Scheißkerl an ungeraden und der beste Paläontologe, den ich kenne.«

»Wenn er mich beeindrucken will, stellt er es ziemlich ungeschickt an.«

»Stellst du dich etwa geschickt an, wenn du jemanden beeindrucken willst?«

In dem Moment musste ich an Mathilde denken.

MATHILDE KAM JEDES JAHR, wie so viele dieser Kinder, die im Sommer die Zahl der Bewohner unseres Dorfes anschwellen ließen, weil ihre Eltern dort ein Haus hatten oder weil unsere Landluft ihnen guttat. Dann zogen wir alle im lockeren Pulk unsere staubigen Bahnen, ein Sternennebel mit den Beliebtesten im Zentrum. Ich blieb am Rand, wie ein unbedeutender Komet, folgte ihnen auch mal unbemerkt oder tat, als würde ich mitspielen.

In dem Alter sind alle Mädchen schön. Aber sie war die Schönste. Und nach vier Sommern, ich war inzwischen dreizehn, traute ich mich, sie anzusprechen. Ich wich ab von meiner Bahn, näherte mich der Sonne und lud sie ein, sich meine Fossiliensammlung anzusehen, oben auf dem Hügel, wo die kleine Kapelle Notre Dame des Lavandes stand. Zum Hof konnte ich sie nicht mitnehmen, wegen des Kommandanten.

Ich rechnete nicht damit, dass sie die Einladung annahm. Schon sehr viel weniger hübsche Mädchen als sie hatten abgelehnt. Aber dann sagte sie Ja, und auch wenn alles in meinem Kopf explodierte vor so viel Schönheit, zuckte ich nur die Achseln und antwortete: »Ciao, dann also bis morgen.« Ich flitzte nach Hause, brannte darauf, es aller Welt zu erzählen, aber wem? Meine Mutter war nicht mehr da.

Am nächsten Tag kam ich extra eine Stunde früher. Ich setzte mich in den Lavendelduft, breitete meine Fossilien auf einem Strandhandtuch aus, schlug die Ränder um und wartete. Sie kam zu spät, entschuldigte sich aber nicht und setzte sich neben mich. Wir blieben lange so sitzen, ohne ein Wort, so lange, dass der Schatten einer Zypresse knirschend vorrückte und sich über uns legte.

Dann deckte ich das Handtuch auf und zeigte ihr meine Ammoniten, meine Belemniten und mein Juwel, ein in einem Bernsteintropfen eingeschlossenes Insekt. Sie ignorierte sie, drehte sich zu mir und knöpfte das Oberteil ihres Kleids auf. Mit offenem Mund besah ich mir ihre Brüste, sie waren klein, ein spitzes Weiß mit einem Schimmer von Blau, von Rosarot, ich dachte, mein Herz würde zerspringen.

»Worauf wartest du?«, fragte sie lächelnd.

Ich schlug die Augen nieder und starrte fest auf den Boden, ich verstand nicht mehr, was wir da machten, verstand nicht diese komischen Knistergefühle in mir. Mit zittriger Stimme begann ich, ihr den Namen jedes einzelnen Fossils zu nennen. Sie zuckte die Achseln und sagte: »Wie du meinst«, schloss ihr Kleid und wandte mir den Rücken zu.

Entschuldige, Mathilde, aber wie konnte ich wissen, was ich tun sollte. Niemand hatte mir beigebracht, Lebendiges zu berühren. Der einzige Körper, den ich kannte, war aus Stein. So gern hätte ich es ihr erklärt, aber ich fand die Worte nicht, für so etwas brauchte ich Jahre.

Und die Zeit hätte ich gar nicht gehabt. Die Jungs aus der Gruppe kamen aus dem Wäldchen geschossen, ich weiß nicht, ob sie ihr gefolgt waren oder ob sie zufällig in der Nähe spielten. Sie schauten mich an, als sähen sie mich zum ersten Mal, und ich hörte, wie einer sagte: »Wer ist das denn?« Dann fielen sie grölend über meine Fossilien her. Mathilde haben sie in Ruhe gelassen, denn sie respektierten sie, bewunderten sie. Bestimmt fragten sich alle, wie ein Typ wie ich es geschafft hatte, allein mit einem solchen Mädchen bei der Kapelle zu sitzen. Ein Engländer war dabei, schon groß, er kam jeden Sommer, und er zeigte mit dem Finger auf mich und brüllte: »Fossil Boy!« Der Spitzname ist geblieben, Fossil Boy! Fossil Boy!, so hat man mich genannt bis zu dem Jahr, als ich achtzehn wurde und dank eines Stipendiums für immer weggehen konnte. Die Jungs sind völlig durchgedreht, sie haben meine Fossilien genommen und auf den Hügel geworfen. Danach habe ich monatelang nach ihnen gesucht, habe nicht aufgegeben, aber nur ein einziges Fossil habe ich wiedergefunden. Ich musste eine neue Sammlung anlegen, und ich tat, als wäre alles wie zuvor.

Ich schäme mich, dass ich mich nicht geprügelt habe, dass ich den Kopf eingezogen und gehofft habe, es möge vorbeigehen. Das Schlimmste aber … Das Schlimmste war, dass ich mich, während sie johlend und feixend meine Kindheit in alle Winde zerstreuten, zu Mathilde umgedreht habe, und in ihrem Blick war Mitleid.

Lass mich dir eines sagen, Mathilde, ich hätte es dir schon lange sagen sollen. Scher dich zum Teufel, und dein Mitleid, das kannst du behalten.

SEIT ZWEI TAGEN RÜCKE ICH dem Eis zu Leibe, das Gesicht bei jedem Schlag mit der Hacke oder dem Pickel gepeitscht von kalten Funken. Zwei Tage, in denen mein Körper dröhnt, die Sehnen zerren, die Knochen bröckeln. Die Muskeln sirren, brennen, ziehen sich zusammen. Strecken sich plötzlich und halten einander fest, um nicht nachzugeben und das Werkzeug noch einmal anzuheben, zuzuschlagen. Mit jedem Hieb lasse ich etwas von mir zurück.

Wenn ich den Schmerz ignoriere, wenn ich mich schinde, wie ich es nie für möglich gehalten hätte, dann weil ich seit fünf Jahren davon träume, was ich beim Betreten der Höhle sehe. Ich habe mir den Moment tausendmal vorgestellt, habe ihm eine Form gegeben, den letzten Schliff, habe den Hintergrund ausgemalt mit Wolken in der Dämmerung, und alles ist gut. Es soll also bei Einbruch der Dunkelheit geschehen. Ich schlüpfe hinein, und als Erstes erblicke ich den Kopf, er ruht geduldig auf der Seite, wie ein Hund, der wartet. Schon dieser Kopf wird mir sagen, mit welchem Dinosaurier ich es zu tun habe – die genaue Art ist im Grunde nicht wichtig. Der Rest bleibt den Augen noch verborgen. Ich dringe ein in das Dunkel, mit hochgehaltener Lampe, fürchte schon, das war's mit dem Skelett, nach ein paar schönen braunen Halswirbeln. Aber nein, Leucio hat nicht gelogen, und das Skelett entfaltet sich, erstrahlt im Schein meiner Lampe. Ich gebe acht, dass ich nicht über seine Beine stolpere, gehe weiter bis zum Ende des Schwanzes. Dort drehe ich mich um. Der Kopf ist jetzt, dreißig oder fünfunddreißig Meter weiter, in der Dunkelheit verschwunden.

Ich sagte es bereits, ich bin nur ein einfacher Erzähler, den ein Fluch getroffen hat: Ich bin verstummt, weil ich nie auch nur das kleinste Publikum hatte, dem ich meine Geschichten hätte erzählen können. Verstummt von Kindesbeinen an.

Aber jetzt gut zugehört, alle.

Dieses Tier wird mir meine Stimme wiedergeben.

DRITTER TAG AM SCHACHT. Gestern hat Gio uns eine Zwangspause von achtundvierzig Stunden im Lager verordnet, angeblich, weil ich zweimal gestürzt bin. In den Bergen ist die Erschöpfung gefährlicher als das Unvermögen oder ein Missgeschick. Wir haben die Gelegenheit genutzt und aufgeräumt, den Bestand unserer Vorräte erfasst, die Werkzeuge geschärft.

Beim Anziehen heute Morgen war ich überrascht, wie flach mein Bauch geworden ist. Ich habe es verblüfft zur Kenntnis genommen, seit fast zwanzig Jahren habe ich diesen alten Bekannten nicht mehr gesehen. Die Haut ist dunkel und spannt über den Muskeln. Ich bin ausgedörrt wie das Fleisch, das uns als Verpflegung dient.

Mit Ausnahme der Ruhetage und der Stunden, in denen das Gewitter uns in die Zelte verbannt, ist das Programm seit unserer Ankunft vor über einem Monat immer das gleiche. Bei Tagesanbruch aufstehen. Eine Stunde später sind wir auf dem Gletscher. Wir arbeiten bis um neun, dann gönnen wir uns eine Pause und essen ein bisschen Trockenobst, danach weiter bis um elf. Mittagessen, rasche Siesta an der Felswand. Am frühen Nachmittag zieht der Gletscher in den Schatten, und wir legen uns noch einmal ins Zeug bis um vier, ehe wir den Rückweg ins Lager einschlagen. Gegen sechs essen wir zu Abend, und schlafen legen wir uns, wenn die Sterne aufgehen.

Unser Ziel: mindestens einen Meter Eis pro Tag ausschachten. In diesem Tempo kommen wir Anfang September in die Höhle. Jede gewonnene Stunde kann entscheidend sein, denn ich habe noch die Hoffnung, den Schädel abzutrennen und die Überführung zu organisieren – vorausgesetzt, Leucios Drache ist auch da.

Am Ende des dritten Tages legen wir die Eispickel ab. Der Herbst zwickt uns in den Nacken, streift unter einem kalten Wind dahin, noch zu jung, um wirklich böse zu sein. Wir schauen keuchend in das Loch, das wir ins Eis gehauen haben. Es sollten drei Meter sein.

Es sind dreißig Zentimeter.

Das war's. Unmöglich zu schaffen. Wir wussten es seit den ersten Pickelschlägen und haben trotzdem weitergemacht, beseelt von der absurden Hoffnung, die Beschaffenheit des Eises würde sich ändern, wir würden auf eine weichere Schicht stoßen oder eines Morgens beim Aufwachen feststellen, dass uns übermenschliche Kräfte gewachsen wären. Aber das Eis hat sich nicht verändert, und wir sind Menschen geblieben.

Schwer vorstellbar, dass vier Männer, hackenbewehrt und schuftend wie die Berserker, in drei Tagen auf einem Durchmesser von einem Meter nur dreißig Zentimeter Eis abtragen konnten. Aber dieses Eis hat eine außergewöhnliche Dichte, es kommt aus den Tiefen des Gletschers, nach oben befördert von einem Aufstoßen der Erde. Atom für Atom weicht es den spitzen Hieben, pulverisiert, ohne je einen Riss zu zeigen. Nur sollte man sich diesen Kampf nicht wie ein Duell zwischen zweierlei Materie vorstellen, zwischen dem Metall und dem Wasser. Die Kräfte, die hier am Werk sind, sind sehr viel mächtiger – der Atem des ganzen, an dieser Stelle zweihundert Meter tiefen Gletschers gegen den Willen von ein paar Verrückten. Eine Kältewelle stößt uns zurück, lässt den Hauch vor unserem Mund gefrieren, die Gliedmaßen, den Verstand. Wenn wir den Staub, den wir dem Eis entreißen, nicht sofort beseitigen, wird er fast augenblicklich wieder fest. Dieser Gletscher strahlt wie eine Sonne im Negativ.

Die Sache ist schnell ausgerechnet. Bei dem Tempo brauchen wir fast hundert Tage bis zur Höhle. Doch selbst wenn uns so viel Zeit bliebe, könnten wir unmöglich in diesem Rhythmus weitermachen. Wir haben uns tapfer geschlagen. Ohne zu kapitulieren. Wir haben ein Generalsbegräbnis verdient.

Denn um ein Begräbnis geht es. Ohne Foto, ohne Beweis kann ich eine zweite Expedition nicht finanzieren. Und selbst wenn ich den Kommandanten überrede, mir mit einem Vorschuss beizuspringen, werde ich die Mittel wohl nicht so rasch erhalten. Armer Stan, fantasiert vor sich hin, und die Götter, die sich über seine Geschichte beugen, klopfen sich auf die Schenkel. Keinen Centime wird der alte Sack ihm geben, eher krepiert er, als dass er ihm hilft. Na gut, dann treibt Stan das Geld eben woanders auf!

Aber woher die Hoffnung nehmen, ein dreißig Meter langes Geheimnis bliebe auch geheim? Ein solches Monster weckt Begehrlichkeiten. Irgendwer wird davon erzählen. Irgendwer, nicht Gio, klar. Vielleicht Umberto, aus Versehen. Oder Peter, um anzugeben. Irgendwer wird davon erzählen, und noch vor einer Rückkehr ist alles vorbei.

Wie ein Betrunkener torkelt Stan hinunter zum Lager.

»WARUM RIECHST DU NICHT nach Erdbeere?«

Ich starrte den Kommandanten an, die Kehle zugeschnürt. Sein rechtes Auge bebte. Mit meinen acht Jahren kannte ich dieses Zeichen schon wie der Bauer sein Wetter: ein Hagel von Schlägen und satte Hiebe mit dem Gürtel.

»Du warst im Dorf, stimmt's?«

Ich nickte.

»Du warst im Dorf, weil die Schausteller gekommen sind?«

Ich nickte.

»Hast du keine Stimme mehr? Haben diese Galgenvögel sie dir geklaut?«

»Nein.«

»Dann antworte. Du warst auf dem Jahrmarkt?«

»Ja.«

»Und wolltest Zuckerwatte essen, hattest du das nicht gesagt?«

»Ja.«

»Ich habe dir Geld gegeben, damit du dir Zuckerwatte kaufst. Zehn Centime. Etwa nicht?«

»Ja.«

»War sie gut?«

»Sehr gut.«

»Diese verdammten Zigeuner, die machen eine Wahnsinnszuckerwatte, was? Hinterher riechst du auf zehn Kilometern nach Erdbeere.«

Der Kommandant beugte sich langsam über mich, und mit sanfter Stimme sagte er es noch einmal.

»Also, warum riechst du nicht nach Erdbeere?«

»Ich habe mir den Mund ausgespült, als ich nach Hau...«

Die Ohrfeige knallte mich gegen die Anrichte. Geschmack von Blut auf meinen Lippen. Den kannte ich gut, besser als den von Erdbeere.

»Und jetzt versuch's noch mal.«

Ich gab alles zu. Mit dem Geld hatte ich die Kräuterkapseln gekauft, die der Apotheker für Mama herstellte, diese Kapseln, von denen es ihr besser ging. Der Kommandant hatte ihr verboten, sein Geld für so ein Quacksalberzeug auszugeben, er hatte sogar gedroht, dem Apotheker *und* Mama die Fresse zu polieren, und klar, da mussten wir das heimlich machen.

Er musterte mich mit einer Miene, wie ich sie nie wieder an ihm gesehen habe, einer Miene voller Mitleid.

»Wenn du nicht eingeknickt wärst, hätte ich dir geglaubt. Das nächste Mal, wenn du lügst, lüg bis zum Schluss.«

DAS WAR NOCH NIE PASSIERT. Und ich hätte schwören können, selbst unter der Folter, dass es nie so weit käme. Unmöglich. Undenkbar. Ich habe mich mit Umberto gestritten.

Ich hatte nichts zu tun und vertrat mir die Beine, während Gio das Abendessen zubereitete. Irgendwann stand ich vor dem dreibahnigen Zelt, wo wir unsere Sachen lagerten. Holz, Werkzeuge, Seile, acht große rote Kanister. *Acht große rote Kanister.* Wieso hatte ich nicht längst daran gedacht? Acht mal fünfzig. Vierhundert Liter von einem Öl, das so dickflüssig war wie Sirup, nur schwer zu entzünden. Wenn es endlich brannte – bei unseren Lampen hatte ich das gesehen –, verbrannte es ganz langsam, widerwillig, Tropfen für Tropfen. Dieses Öl war das elementare Pendant zu unserem Eis, sein alchemistisches Gegenstück.

Ich versammelte die Gruppe, bat um Ruhe. Und keuchend, wegen der Höhe und vor Aufregung, erklärte ich meinen Plan. Feuer. So könnte das Element, das die Geschichte der Menschheit verändert hatte, auch unserer, so winzigen Geschichte eine andere Richtung geben. In dem erst ansatzweise geschlagenen Loch würden wir das Öl entzünden und das Eis zum Schmelzen bringen. Trommelwirbel, Applaus, mein Sohn ist wirklich ein Genie, sagte meine Mutter jedem, der es hören wollte. Madame Mitzler hätte es fast ebenfalls geglaubt, weil sie es kaum schaffte, »Paläontologe« auszusprechen.

Meine Gefährten machten ratlose Mienen.

»Na ja, warum nicht. Aber … wäre es nicht besser, bis zum nächsten Jahr zu warten, Stanè?«

»Ich warte seit zweiundfünfzig Jahren.«

»Wir könnten mit mehr Leuten kommen. Und geeignetem Gerät.«

»Was wäre geeigneter als Feuer?«

»Feuer, vielleicht, ja. Nur dass dieses Öl … das ist Petroleum, Rohöl. Eine schmutzige Option.«

»Sauber oder schmutzig, das spielt keine Rolle. Die Sache ist es wert. Und wenn ich mir den Hinweis erlauben darf: Ihr werdet dafür bezahlt, und zwar gut.«

Sofort bedauerte ich meine Worte. Gio schüttelte den Kopf, eine Antwort auf wer weiß welches innere Zwiegespräch. Peter folgte stumm unserem Hin und Her. Im Grunde war mir klar, was los war. Alle waren erschöpft, vielleicht sogar Gio, dessen Bewegungen in den letzten Tagen schwerfälliger geworden waren. In meiner Euphorie hatte ich nicht einen Gedanken an die Gesundheit der Gruppe verschwendet.

Umberto setzte wieder an, er schenkte mir nur einen Seitenblick.

»Selbst wenn wir das Öl verbrennen, wer sagt uns, dass wir genug davon haben? Oder dass wir fertig werden, bevor es schneit.«

Nach mehr als einem Monat fernab der Welt wollte Umberto nach Hause, das spürte ich genau. Die Expedition war *mein* Traum, *mein* Projekt, der Ruhm interessierte ihn nicht. Und überhaupt, welcher Ruhm? Sein Name in Klammern, eine Fußnote in einem Aufsatz, in dem nur von mir die Rede wäre? Geld war ihm auch nicht wichtig. Er wäre sicher auch so gekommen, aus Freude, mich wiederzusehen.

»Du hast recht, Berti. Ich bitte euch nur, dass ihr meiner Idee eine Chance gebt. Eine einzige.«

Peter wartete auf Umbertos Reaktion, mit erhobenem Kopf wie ein Hund, der nach einem Zeichen seines Herrchens späht. Ich begriff, dass Peter mein Umberto von früher war, und es gab mir einen Stich ins Herz. Da hatte ich geglaubt, ich hätte diese lausigen Zeiten hinter mir gelassen und würde nichts vermissen, aber ich hatte mich geirrt.

»Wenn uns das Experiment bis morgen Abend nicht überzeugt, lassen wir's, ja?«

»Und kehren zurück. Versprochen.«

Gott sei Dank hatte Umberto zugestimmt, und das Abenteuer konnte weitergehen, zumindest für einige Stunden.

Ich ging noch mal die Kanister zählen, und als ich zu meinem Zelt kam, stand dort mein Freund. Sein Blick, lang und traurig, rührte mich.

»Du finanzierst das Ganze aus eigener Tasche, nicht wahr? Und deshalb willst du noch bleiben.«

»Ja. Ich habe sogar meine Wohnung verkauft.«

»Die Universität hat die Expedition nicht genehmigt. Wahrscheinlich weiß man dort nicht mal Bescheid. Du hast uns angelogen.«

Ja, Umberto, ich habe gelogen. So habe ich es als Kind gelernt, aber das ist eine lange Geschichte, eine Geschichte mit Erdbeergeschmack, die dich nicht interessieren wird.

»Tut mir leid.«

»Mir auch, Stan.«

Er ging mit einem Seufzer und nahm diese kleine Silbe mit, die er meinem Namen immer anhängte und von der ich nicht gewusst hatte, dass sie eine Freundschaftssilbe war, ein Spiel zwischen uns.

MIT IHREN JEWEILS FÜNFZIG KILO sind die Kanister zu schwer, um sie rasch zum Gletscher zu transportieren, und unsere Feldflaschen wollen wir auf keinen Fall opfern, ein Umfüllen kommt nicht infrage. Mangels geeigneter Behälter müssen wir einen der Kanister also leichter machen und zum Teil auskippen, die Hälfte des Brennstoffs ist verloren. Ich hoffe, er wird uns am Ende nicht fehlen. Die Erde saugt den schwarzen Fleck zu Gios Füßen auf, er schaut entsetzt. Das ist ein Geschwür auf seinen Bergen, fast ein persönlicher Affront.

Fünfundzwanzig Liter mögen nicht viel sein, aber in dieser Höhe sind sie das Gewicht der Welt. Schwankend geht es zum Gletscher, alle zehn Minuten lösen wir uns ab. Bei der letzten Wand lädt Gio sich das Öl auf und klettert hoch.

Böse Überraschung, unser Loch hat sich seit gestern ein paar Zentimeter geschlossen. Unglaublich. Der Gletscher zieht Feuchtigkeit aus der Luft und legt sich einen Verband an. Er regeneriert, während wir schlafen, und macht unsere Bemühungen zunichte. Aber damit kommt er nicht durch, das schwöre ich. Nicht so kurz vorm Ziel.

Meine brennende Lunge erinnert mich an unsere ersten Tage, eine Ewigkeit ist das her. Nur dass der Enthusiasmus nicht mehr derselbe ist. Daran ändert auch nichts, dass die Höhle in ihrem Sarkophag aus Eis so nah ist. Sie sollte uns bezaubern und lässt uns verzweifeln. Jetzt spüre auch ich diese Mattigkeit, die dem Fels aus allen Poren dringt und unsere Seelen vergiftet. Vielleicht versuchen sich die Berge ja auf diese Weise zu schützen. Durch eine Absonderung von Melancholie, um zu verhindern, dass der Mensch sich zu lange aufhält, so wie manche Blumen oder Insekten ihre Fressfeinde mit einem widerlichen Duft abwehren. Es sei denn, *wir* sollen hier geschützt werden. Zeit, nach Hause zu gehen, Jungs. Oder aber …

Gio, Umberto und Peter sitzen wie unbeteiligt neben dem Loch. Meine geschwollenen Finger schrauben den Deckel auf. In der Vertiefung verteilen sich unsere fünfundzwanzig Liter, ein schwarzer Sirup, der den Boden überzieht, bis es so aussieht, als wären es nur fünf. Ein Blick zu Umberto – nach dem Vorfall gestern haben wir kein Wort miteinander gesprochen. Er lächelt nicht.

Ich reiße ein Streichholz an. Und lasse es in die Lache fallen.

SIEG! MIT MEINER METHODE haben wir es geschafft, an einem Tag fünfzig Zentimeter abzuschmelzen. Ein solches Ergebnis mag lächerlich erscheinen, aber trotzdem: fünfmal schneller als mit unseren Pickeln. Wenn wir das Tempo halten, haben wir die Höhle in zwanzig Tagen erreicht. Vielleicht sogar früher, wenn wir unsere Technik verfeinern. Das Dumme ist, dass sich zwischen dem abbrennenden Öl und dem Boden des Lochs sofort ein Wasserfilm bildet. Und diese dünne Schicht isoliert, ein erstaunliches Phänomen, das Eis gegen die Flammen. Unser brennendes Petroleum treibt auf einem Wasserkissen, ohne den Gletscher anzugreifen, und wieder habe ich das seltsame Gefühl, dass wir es mit einem Tier zu tun haben, das sich schützt und auf unsere Attacken einstellt. Wenn wir versuchen, das Wasser von oben zu entfernen, reißt es den Ölteppich auf und zerlegt ihn in kleine Inseln, die schon bald ausgehen, sodass wir den Brennstoff nur vergeuden. Gegen Ende des Tages hat Peter sich ein raffiniertes Rinnensystem ausgedacht, um das Wasser von unten herauszuleiten. Aber das alles muss instand gehalten werden, wir müssen die alten Abflüsse verstopfen und, je weiter der Pegel sinkt, neue anlegen, damit das lodernde Öl nicht ebenfalls entweicht. Ein wahres Geduldsspiel.

Rings um das Loch ist jetzt ein einziger schwarzer Matsch: Erde, die wir an den Schuhsohlen vom Lager mitbringen, Öl und geschmolzenes Eis, das Ganze festgetrampelt, aufgerührt, vermengt. Über dem brennenden Petroleum steigt ein schwerer, schmieriger und giftiger Qualm auf. Ich komme mir vor, als würde ich den Berg vergewaltigen, nur um meine Ziele zu erreichen, nicht anders als diese Hundehalter, die ihrem Tier den Gehorsam einprügeln, statt sich in Geduld zu üben. So wie der Kommandant. Pépin hätte ihm fast die Hand abgebissen, es war einmal zu viel mit der Faust auf die Schnauze.

Auch ich habe dem Gletscher ins Gesicht geschlagen. Er hätte allen Grund, mich zu beißen. Aber ich habe keine Wahl. Alles wird vorbei sein, vorbei und vergessen, wenn wir erst bei der Höhle sind und unseren Drachen finden. Selbst Umberto scheint sich meiner Meinung angeschlossen zu haben. Als wir abends um die Feuerstelle sitzen, sehe ich, wie er mir mit seinem Becher still zuprostet.

Die Frage stellt sich nicht: Wir machen weiter.

Der Gletscher brennt. Er windet sich unter der Verletzung, die wir ihm zufügen, grollt und knirscht vor Wut. September. Unser Feuer dringt wie eine Kugel in seinen Körper ein, schwarzes Blut läuft in einem langen Streifen zum Himmel hin. Das Loch ist jetzt fünf Meter tief. Ringsum eine brandige Wunde, ein eiternder Kreis mit einem Radius von zehn Metern. Die halbe Strecke haben wir geschafft. Langsam steigen wir hinab in die Träume eines Drachen.

Die Arbeit ist in den letzten Tagen komplizierter geworden. Je weiter wir vordringen, desto mühsamer wird es, das geschmolzene Wasser zu entfernen. Unter einem brennenden Ölteppich lässt es sich unmöglich ausschöpfen, was uns äußerste Disziplin abverlangt: so wenig Petroleum wie möglich hineingießen, in Brand setzen, das Ganze nach kaum einer Viertelstunde abräumen, selbst wenn das Öl noch in Flammen steht. Und wieder von vorn. Auf- und Abstieg über die dicken Kletterhaken, die wir als behelfsmäßige Leiter in die Wand geschlagen haben. Um die Verzögerung wettzumachen, haben wir nah beim Gletscher ein Zwischenlager errichtet und die Kanister mit einem improvisierten Schlitten hinauftransportiert.

Jeden Abend sorge ich dafür, dass der Boden des Schachts sauber ist. Das Eis quält uns, bringt uns um, aber was für eine Schönheit! Nach einem Flammentag muss man es nur abwischen, und die kristallene Transparenz ist wieder da, direkt unter dem Schmutz. Im Abendlicht drücke ich mir die Nase daran platt, und heute habe ich zum ersten Mal ins Innere der Höhle gesehen. Na ja, nicht weit, da war nur ein Felsbrocken, für eine Sekunde gestreift von einem Sonnenstrahl, der wagemutiger war als die anderen. Er ist über die Oberfläche gestrichen, wie man einem Kind an die Nase stupst. Das Licht ist ins Reich des Todes gedrungen.

Gio hat uns einen weiteren Ruhetag verordnet. Der Gletscher ist zum Greifen nah, fehlt nur der schwarze

Qualm am Himmel, der mich beruhigt und mir zu verstehen gibt, dass wir uns dem Ziel nähern. Das Warten macht mich kirre, auch wenn mir Umbertos Augenringe und unsere schleppenden Bewegungen deutlich sagen, dass eine Pause sein muss. In jedem Knacken höre ich, wie der Gletscher mich verhöhnt. Das ist kein Lied mehr, das ist ein spöttisches Lachen bei jedem Zentimeter Haut, den er in unserer Abwesenheit wieder schließt.

Der eigentliche Grund für meine Angst aber ist, dass ich es jetzt wahrnehme: den Geruch der Kälte, wenn wir uns schlafen legen, das dumpfe Fauchen des wilden Tiers, das in unseren Kessel klettert. Unten, im Flachland, ist ein Blatt braun geworden. Niemanden kümmert das, natürlich nicht. Der Herbst jagt in den Bergen, und wir sind seine Beute.

Drei Meter. Nur noch drei Meter in die Tiefe. Zum Glück ist das Wetter beständig. Wann immer die Sonne hereinscheint, erkenne ich den Felsbrocken in der Höhle, auch einen hellen Fleck etwas weiter hinten. Tagsüber unterbreche ich die Höhenflüge meiner Fantasie und konzentriere mich auf die Arbeit.

So struppig, wie wir sind, bedeckt von einer schwarzen Schicht, die abzuschrubben wir uns nicht mehr die Mühe machen, sehen wir aus wie Bergleute. Alles, was wir anhaben, ist steif und knirscht, die Haut ist wie Rinde. Nur unsere Gliedmaßen sind geschmeidig, die Gelenke geschmiert von der Anstrengung. Aber die Muskeln leiden und machen immer öfter nicht mehr mit. Wir kommen an unsere Grenzen.

Drei Meter.
Sechs Tage.
Länger brauchen wir nicht.

Je näher wir der Höhle kommen, desto stumpfer werden unsere Abende. Nutzlose Zeit, tote Zeit, die wir noch erschlagen müssen. Kurz vor dem Essen bin ich zu Umberto gegangen, um mich bei ihm zu entschuldigen. Ich hätte ihn wegen der Finanzierung der Expedition nicht anlügen dürfen, ausgerechnet ihn, meinen alten Freund. Aber ich hatte meine Gründe, gute und schlechte. Er war gnädig mit mir, und trotzdem, irgendetwas scheint zwischen uns zerbrochen zu sein. Ich habe ihn nach seiner Verlobten gefragt, wollte ihn ein wenig aufmuntern, denn es tut mir weh, wenn ich sehe, wie sehr sie ihm fehlt. Eigentlich sollte er für eine kleinere Operation im September zurück sein – hatte er sich deshalb gegen eine Verlängerung des Unternehmens gesträubt? Umberto wurde rot und musste zugeben, dass es sich um einen einfachen kosmetischen Eingriff zum Aufhellen der Zähne handele, ein wenig bekanntes Verfahren, das ein befreundeter Zahnarzt in Mailand praktiziere. Er schenkte mir sein Klavierlächeln, ein wenig krumm und verstimmt, und das Elfenbein traf mich ins Herz.

Dann hat es angefangen zu schneien.

HERBST

AIMÉ WAR NICHT GANZ DICHT IM KOPF.

Aimé, der Schäfer. Er war es mit Haut und Haar, so sehr, dass alle sofort an ihn dachten, wenn von »dem Schäfer« die Rede war, obwohl es ja auch noch Martial gab, Jean und die anderen. Martial, Jean und die anderen nahmen es nicht übel. Aimé war sehr alt, so alt, dass er schon Schafe gehütet hatte, als der Kommandant noch nicht mal geboren war. Das verdiente Respekt.

Aimé war nicht ganz dicht im Kopf, hieß es. Das machte mir fast so viel Angst wie die Wölfe. Er kam, bevor der Sommer anfing, und holte unsere Schafe ab, um sie auf die Bergwiesen zu treiben. Man musste ihn gesehen haben, versunken bis zur Hüfte in einem großen weißen Schaumteppich, der die Berge hinaufzog. Ich selber hatte ihn nie gesehen, denn sobald er kam, versteckte ich mich. Nachts stellte ich mir vor, wie er wohl aussah mit seinem Kopf, aus dem irgendwas rauslief.

Einmal ging es mir nicht gut. Niemand konnte sagen, was ich hatte. Als ich dem Dorfarzt die Symptome beschreiben sollte, sagte ich, dass da eine Leere in der Welt wäre, dass etwas fehlte an der Stelle, wo es einmal war. Er starrte mich lange an, kratzte sich am Bart und murmelte »Aha, aha«, und dann erklärte er meiner Mutter, mir würde Magnesium fehlen.

Nach ein paar Tagen wurde mir alles klar. Ich hatte Pépin schon viel zu lange nicht gesehen.

Mein Hund war verschwunden.

Wir suchten überall nach ihm, selbst der Kommandant machte grummelnd mit. Mama bestand darauf, dass er mit mir zur Gendarmerie ging, aber dort hieß es, die Polizei hätte Besseres zu tun, als nach einem Hund zu suchen. Der Kommandant war stinksauer. *Habe ich es dir nicht gesagt, du Spinner, wie habe ich dagestanden vor dem Hauptmann?*

Meine Mutter erklärte mir, Pépin hätte sich vielleicht im Wind aufgelöst, er wäre aus seinem blauen Kleid geschlüpft wie aus einem Gefängnis. Nie habe ich mich so allein gefühlt wie an diesem Tag, nicht einmal, als meine Mutter an der Reihe war und sich im Wind auflöste.

»Das war der Mulat-Barbe. Der hat deinen Hund geholt.«

Ich saß heulend auf dem gespaltenen Baumstamm, der vor unserem Hof als Sitzbank diente. Ich kannte den Mann nicht, der zu mir gesprochen hatte. Aber er war so alt, dass ich sofort begriff, es war Aimé. Wegen der Sache mit Pépin hatte ich vergessen, dass er kam, um die Schafe zu holen, hatte vergessen, mich zu verstecken. Die Leute hatten mich angelogen, sein Kopf war völlig dicht. »Wer ist das, der Mulabarb?«, fragte ich, und er wandte seine vom grauen Star getrübten Augen nach Süden.

»Ein Schäfer, so wie ich. Er ist tausend Jahre weniger einen Tag alt. Der erste Schäfer. Er hat deinen Hund geholt.«

»Warum hat er das getan?«

»Weil sich die Zeiten ändern. Eine Welt stirbt, und eine andere wird geboren.«

Nein, nicht dieser Mulat-Barbe hatte meinen Pépin geholt. Aber so verrückt die Schäfer sein mögen, etwas Wahres war dran an dem, was der alte Mann sagte.

Zehn Jahre nach unserer ersten Begegnung, ich war nun ein pickliger Schlaks, traf ich Aimé wieder. Ich suchte gerade eine Schlucht ab, die mir einen Monat zuvor einen großartigen *Cenoceras lineatum* geschenkt hatte. Aimé hatte sich nicht verändert. An diesem Tag begriff ich, warum es hieß, er sei nicht ganz dicht im Kopf. Er erkannte mich nicht, und weder mein Name noch der meines Vaters sagten ihm etwas. Er meinte nur: »Hör gut auf die Berge«, rief seine Schafe und zog mit ihnen weiter.

Nur dass es keine Schafe gab, keine Herde, nichts. Er war allein. Seit dreißig Jahren taten die Bauern in der Gegend so, als würden sie ihm ihre Tiere geben, und dann schauten sie ihm nach, wie er zu den Bergwiesen hinaufzog. Nicht in einem sich kräuselnden Wollemeer wie früher, zu einer Zeit, an die sich niemand mehr erinnerte, sondern inmitten einer großen Leere.

GIO GEHT AN DER SPITZE, geradewegs nach Süden. Der enge Pfad führt uns zurück zum Grat. Gestern Abend hat es eine einzige Stunde geschneit, aber ich erkenne die Landschaft, in der ich sechs Wochen meines Lebens vertan habe, kaum wieder. Die Formen verschwimmen. Nur ein phantomhaftes Grün kommt noch zum Vorschein, wo ein von der Sonne verwöhnter Fels den Schnee zum Schmelzen bringt. In seinem neuen Kleid scheint das Kar weniger steil zu sein, weniger streng – wir verlassen es genau in dem Moment, in dem es sich einladender gibt. Pure Illusion. Die Sonne scheint, aber als wir am Morgen aufgewacht sind, war die Temperatur um etwa fünfzehn Grad gefallen. Der Herbst hat den Sommer in der Nacht abgestochen. Keiner außer Gio hätte je gedacht, dass er dem Lager ohne Vorwarnung so nahe kommen könnte.

Die Expedition ist beendet. Ich habe Gio hoch und heilig versprochen, auf ihn zu hören, die anderen auch. Ich will ihnen nicht einen weiteren Aufschub abnötigen, auch wenn ich denke, dass wir kurz vorm Ziel waren. Die Sonne hat ihnen die Netzhaut verbrannt, und ihre Hände schließen sich um ganze Felder von Blasen. Sie haben mir genug gegeben.

Schritt für Schritt, im Rhythmus routinierter Bergsteiger, schlängeln wir uns in weiten Bögen durchs Geröll hinauf. Zwei Stunden später stehen wir auf dem Grat, an derselben Stelle, wo wir vor anderthalb Monaten in den Kessel abgestiegen sind. Ein Schwindelgefühl. Ausgelöst diesmal nicht von dem Abgrund unter unseren Füßen, dem Klettersteig, der ins Nichts fällt. Nein, ich habe mich, ohne es zu merken, verändert. Mir schwindelt jetzt nicht mehr vor der Vertikalen, sondern vor der Horizontalen. Das Syndrom des Gefangenen, der auf einmal in Freiheit ist und den die Abwesenheit von Gängen und Mauern in Panik versetzt. Der Blick geht, statt an eine steinerne Grenze zu stoßen, ins Endlose. Dort unten ist die Schlucht, die ins Land der Schäfer führt, hier und da stehen Grüppchen von Schafen wie riesige Pfingstrosen. Ein dunkler Wald stoppt das Auge am Horizont. Jetzt übernimmt meine Fantasie, saust den Weg hinab, über den wir heraufgestiegen sind, immer schneller, mitgerissen vom eigenen Schwung, hüpft von Stein zu Stein, von Wurzel zu Wurzel, und schon sind wir an der Brücke aus Baumstämmen, zwischen den Kiefern, dann im Dorf. Und schließlich beim Bus, der mit klopfenden Kolben zurück zum Meer fährt, ins Flache. In der Nase ein Geruch von Schmierfett und altem rotem Leder.

Aus dem Gestein quillt ein kleiner Bach hervor und stürzt sich mit einem silberhellen Lachen über die Metallsprossen. Er sieht nach nichts aus, dieser Schelm, klingelt vor sich hin, wer wollte vor ihm schon Angst haben. Sollte man aber. Das ist ein potenzieller Gletscher. Irgendwann wird er gefrieren, erklärt Umberto, wird den Klettersteig verschlingen und in eine Eiskaskade verwandeln. Unüberwindlich.

»Deshalb müssen wir hier weg. *Adesso.* Jetzt.«

Er wirft mir einen mitfühlenden Blick zu, und ich erkenne darin, endlich, meinen alten Freund wieder.

»Im Frühjahr kommen wir wieder. Ich denke, ich kann ein paar Gelder aus Turin besorgen.«

»Danke, Berti.«

Jetzt, wo die Würfel gefallen sind und ich akzeptiert habe, dass ich nicht gegen mein Schicksal ankämpfen kann, spüre ich eine große Ruhe. Ich lege die Kletterausrüstung an, warte noch, bis Gio den Fuß auf die erste Sprosse setzt, und verkünde ihnen die Neuigkeit.

Ich habe beschlossen zu bleiben.

SCHWEIGEN, FASSUNGSLOSIGKEIT. Und dann die Wörter, die sich streiten, die Stimmen, die sich überschneiden. Wirbelnde Handschuhe, eine wilde Pantomime. Alle haben etwas zu sagen, eine Meinung abzugeben, auch wenn das nichts ändert, und ich ahne, dass sie es wissen. Sie werden immer wütender.

Jetzt sprechen sie miteinander, zu schnell, als dass ich sie verstehen könnte, Umberto unterbricht Gio, Peter mischt sich ein, keiner hört wirklich zu, weil im Grunde alle dasselbe denken, sie sagen es nur auf unterschiedliche Weise.

»Das ist doch Irrsinn. Völliger Irrsinn. Noch so ein Kälteeinbruch, und du kommst nicht mehr runter. Nur ein erfahrener Bergsteiger käme aus dem Kessel heraus, wenn überhaupt. Kommt nicht infrage, dass du bleibst.«

»Ich brauche sechs Tage, Berti. Vielleicht weniger. Ich versuche mein Glück. Das ist *meine* Entscheidung.«

»Das ist unvernünftig.«

»Mein ganzes Leben bin ich vernünftig gewesen. Glaub mir, das bringt nichts.«

Gio zuckt nur müde die Achseln und sagt ein paar traurige Worte, von Umberto gleich übersetzt.

»Mach, was du willst. Gio steigt ab. Sein Vertrag endet hier.«

Wer hätte dafür kein Verständnis? Der Bergführer nickt mir zum Abschied zu und verschwindet in die Tiefe. Ich gebe Umberto die Hand.

»Mach dir keine Sorgen. Ich bin nicht verrückt. Wenn das Wetter umschlägt, breche ich sofort auf. Ich will nur sicher sein, dass ich alles versucht habe, verstehst du?«

Von meinem Freund bekomme ich auch nur ein Schulterzucken. Er kennt mich und weiß, dass ich meine Meinung nicht ändern werde. Und da ich keine langen Abschiede mag, gehe ich, wie ich auch das Haus meines Vaters verlassen habe: Ich kehre ihm den Rücken zu und ziehe los, ohne ein Wort, um der Welt meine Jugend aufzuprägen.

Zum ersten Mal zurückgeschaut habe ich, als ich schon halb unten war, vorher hatte ich mich nicht getraut. Dreihundert Meter über mir stiegen Peter und Umberto ebenfalls wieder ab. Zumindest diesmal war es *ihre* Entscheidung. Jedenfalls versuchte ich es mir einzureden, richtig glauben konnte ich es nicht. Sie wären mir bis in die Hölle gefolgt, eine freie Entscheidung konnte man das nicht nennen. Ich wartete auf sie, blinzelte wie wild in die verdammte Sonne, meine Augen tränten schon. Dann gingen wir wortlos weiter. Ich hätte mich gerne bedankt, aber ich wusste nicht, wie ich es anstellen sollte, niemand hatte es mir beigebracht. Was sie selbst zu sagen hatten, sagten sie mit ihren Füßen, wozu dann noch den Mund auftun.

Der Schnee begann zu schmelzen, die Hoffnung keimte wieder auf. Für die Arbeit am Schacht war es schon zu spät, aus Gewohnheit ging ich trotzdem hin, während Umberto und Peter sich wieder in dem Zwischenlager nahe dem Gletscher einrichteten. Auf dem Grund des Lochs lagen fünfundzwanzig Zentimeter Schnee, er wurde bereits hart. Gut die Hälfte davon konnte ich herausholen.

Am erstaunlichsten aber war, was der nächtliche Niederschlag rings um den Schacht bewirkt hatte. Der Schnee hatte den schwarzen Schlamm vollkommen bedeckt, und indem er unsere hässlichen Spuren auslöschte, erweckte er den Eindruck, der Gletscher würde heilen. Mir wurde schlecht bei dem Gedanken, dass wir am nächsten Tag wieder anfangen mussten mit unserem infernalischen Ritual, mit all der Schmiere und dem Gestank, um die Wunde noch zu vertiefen. Zu meiner eigenen Überraschung kniete ich mich hin und legte meine Hand auf den Behemoth, wie um ihn zu trösten. *Nur noch ein paar Tage, mein Alter.* Ich hoffe, niemand hat mich gesehen.

Umberto und Peter sitzen an der Feuerstelle und essen schweigend. In Fatalismus erstarrt, in dröhnender Resignation. Wir haben es überschlagen: Öl sollten wir genug haben, um die Höhle zu erreichen. Ohne Gio, habe ich beschlossen, können wir ein größeres Risiko eingehen. Wir fangen früher an und hören später auf. Ich bin sicher, dass wir so einen Arbeitstag einsparen – in dieser Jahreszeit das, was den Erfolg vom Misserfolg trennt.

Mit geschlossenen Augen atme ich einen Schwall

Nacht ein, Flammen, Flocken, Räucherduft. Schon lange habe ich mich nicht mehr so wohlgefühlt. Ich bin an diesem Wendepunkt im Leben eines Menschen, wo der Verrückte hervorschaut, an diesem Punkt, wo niemand mehr an ihn glaubt. Er kann jetzt einen Rückzieher machen, eine derart vernünftige Entscheidung, dass ausnahmslos alle sie loben. Oder, um seiner Überzeugung willen, weitergehen. Wenn er falschliegt, wird sein Name gleichbedeutend sein mit Arroganz und Verblendung. Und er wird für immer der sein, der es nicht verstanden hat, rechtzeitig aufzuhören. Wenn er aber richtigliegt, wird man sein Genie besingen, seinen Eigensinn allen Widrigkeiten zum Trotz.

Es ist die schwere Stunde, in der man an nichts mehr glaubt. Oder an alles.

NACH DER SCHULE WAR ICH in den Wald gegangen, auf der Suche nach Pépin, auch wenn ich mir das nicht eingestand, denn ich fürchtete, ich könnte seinen vertrockneten Kadaver finden oder er wäre in eine Falle gegangen, aus der er allein niemals herauskam. Vielleicht hatte er ja auch nach mir gerufen, immer wieder gerufen, lange senkrechte Schreie, die Löcher in die Nacht schlugen wie Säulen des Schmerzes, hatte sich, bevor alles zu Ende ging, mit seinen Hundeworten gefragt, warum niemand antwortete, warum *ich* nicht antwortete, wo er so viel für mich getan hatte.

Auf einmal rutschte mir vor Schreck das Herz in die Hose. Im blendenden Gegenlicht verdunkelte eine riesige Gestalt das Dickicht. *Ein Wildschwein.* Ich sah mich schon tot, mit aufgeschlitztem Bauch, und meine Mutter, wie sie über meinem bleichen, auf einer Marmorplatte ausgestreckten Leichnam weinte, dem Rest der Welt war das egal.

Der Stoß kam nicht, und ich öffnete ein Auge. Das war kein Wildschwein, sondern ein Adler, der sich in einem Brombeerstrauch verfangen hatte. Und so, die Flügel aufgespannt, im Flug gekreuzigt von fiesen Dornen, schwebte er zwei Meter über dem Boden, eine gefiederte Erscheinung im Gold der untergehenden Sonne. Schon für weniger hatte man Kathedralen erbaut.

Ich nahm mein Taschenmesser und durchschnitt das Gestrüpp, in dem seine Flügel festhingen. Ein Schnabelhieb schlug mir die Augenbraue auf, die Fänge zerkratzten meine Hände. Ich ignorierte den Schmerz und wühlte mich mit einer Verbissenheit voran, als ginge es um die Rettung Pépins. Der Adler sackte in sich zusammen, sammelte seine letzten Kräfte, und mit einem schweren Flügelschlag entriss er sich der Gier des Waldes.

Ich sank zu Boden, in einem Geruch von Eisen, schwarzer Erde und Pilzen, nahm den Ruf der Wiesen wahr, die unter meinem Bauch herzogen, ihren heufeuchten Atem, die Panik der Nagetiere, über die sich mein Schatten legte, und zum ersten Mal tat sich mir eine Möglichkeit auf, dieses Tal zu verlassen. Ich musste nur fliegen, zur Sonne hin fliegen.

Auf einem Laubteppich kam ich wieder zu Bewusstsein, und unter laut gestöhnten »Ahs!« schwankte ich zurück zum Hof. Der Kommandant hackte gerade Holz. Er sah seinen blutverschmierten Sohn und richtete sich auf. Als ich an ihm vorbeiging, lächelte er stolz und gab mir einen festen Klaps auf den Rücken.

»Gut gemacht, mein Junge.«

Er dachte, ich hätte mich in der Schule geprügelt, und ich ließ ihn in dem Glauben. Das ist schon was, der Stolz eines Vaters. Man kann ihn sich unter die Jacke stecken und damit in den Unterricht gehen, er ist unsichtbar und hält den ganzen Tag.

DRITTE SEPTEMBERWOCHE. Das Wetter ist gut, beständig, und ich gestatte mir einen Hauch Optimismus, gerade so viel, dass es mir kein Unglück bringt. Richtig, ich bin abergläubisch, wer hätte das gedacht. Bleiben noch etwa zwei Meter fünfzig in die Tiefe, vielleicht ein bisschen weniger, vielleicht ein bisschen mehr. Wir können die genaue Entfernung, die uns von der Höhle trennt, nur schätzen. Aber wir sind fast da.

Als wir am Abend zum Lager kommen, sitzt Gio dort und schürt das Feuer, das er zum Kochen wieder entfacht hat. Er ist zurückgekehrt, die Pflichten eines Bergführers haben ihm die Füße schwer gemacht. Wir setzen uns zu ihm und essen schweigend. Aus seinen Augen spricht die Wut, zum ersten Mal vielleicht auch Angst, aber er sagt kein Wort.

Zwei weitere Tage am Schacht. Die Müdigkeit ist verflogen, aber Gio warnt uns – sie ist noch da, kauert in den Muskeln. Das ist der Moment des Fehltritts, das Reich des Leichtsinns, das fröhliche Lachen des Abgrunds, der nur darauf wartet, sich um seine Beute zu schließen. Jede Bewegung kalkulieren. Jede Entscheidung infrage stellen.

Nur noch ein Meter oder ein Meter fünfzig, dann sind wir durch. Gestern eine kleine Enttäuschung: Der weißliche Fleck, den ich im Eingang bemerkt hatte, war ein vom Wasser blank geschliffenes Stück Holz, das sieht man jetzt deutlich. Aber ich verzweifle nicht. Die Dunkelheit dahinter ist voller Versprechen. Der Schnee ist fast vollständig geschmolzen, und das Gras richtet sich wieder auf, grüner denn je. Selbst Gio wirkt entspannter, was sich auf die allgemeine Stimmung auswirkt.

Unruhiger Schlaf. Aufwachen bei Tagesanbruch, zitternd vor Kälte und vor Ungeduld. Wenn wir uns ins Zeug legen, könnte einer von uns es schaffen und heute in die Höhle einsteigen. Spätestens morgen. Ich stoße gegen die Wände meines Zelts – sie bewegen sich nicht. Erst da bemerke ich den fahlen Schimmer des Morgens, den gedämpften Gesang der Berge.

Ich bin begraben.

Wir kommen alle gleichzeitig aus unseren Zelten. Der Schnee reicht uns bis zur Brust. Polarer Morgen in Pompeji, kurioses Schauspiel, wie unsere Oberkörper, hilflosen Statuen gleich, auf einem Pulvermeer treiben. In katzenhafter Stille hat die weiße Flut unser Lager über Nacht ausgelöscht. Der Himmel ist wie verchromt.

Diesmal versucht niemand, mich zur Rückkehr zu überreden. Alle sind aus freien Stücken hier, sie können jederzeit gehen. Außerdem führt, wie manchmal beim Bergsteigen, der einzige mögliche Abstieg oben herum. Nicht das leiseste Wort fällt, während wir uns ausrüsten wie für einen ganz normalen Tag und den Weg zum

Gletscher in Angriff nehmen. Statt der üblichen zehn Minuten brauchen wir anderthalb Stunden. Mehr schlecht als recht buddeln wir das Seil aus, das uns jeden Tag führt, und steigen an ihm hoch.

Unser Schacht ist verschwunden. Und ich dachte, ich hätte dem Berg eine Wunde geschlagen! Jetzt begreife ich meine Anmaßung. Er hat uns hingenommen, wie man eine Mücke erträgt. In der Nacht hat er das Maul aufgerissen, nicht böse, nur um uns zu sagen, dass es ihm reicht.

Gio gibt seine Befehle. Der Mechanismus setzt sich in Gang, schnurrt dahin. Sich anseilen, den Schnee räumen. Die Wunde erneut öffnen, bis zum Blut. Unsere Schmutzschicht taucht wieder auf, dann sind wir am Schacht. Der Schnee hat eine Brücke gebildet und ihn nicht ausgefüllt. Wir lassen uns fallen, schauen über den Rand, der Atem geht schnell. Das Öl haben wir im Lager gelassen, keiner von uns hat die Kraft, es zu holen. Morgen. Morgen machen wir weiter. Unser Drache hat ein paar Millionen Jahre gewartet, er wird sich auch noch einen Tag gedulden.

Gio hat uns die Anzeichen beschrieben. Wie in der Schule hat er uns in einer Reihe aufgestellt und alles erklärt. Bei solchen Schneemengen sind die Regeln andere. Etwas lauert auf uns, kann uns jeden Moment erwischen. Heimtückischer als eine Lawine, genauso tödlich.

Hypothermie. Erstes Stadium: periphere Gefäßverengung. Das Blut zieht sich aus den Extremitäten zurück und strömt zu den Organen, um sie vor der Kälte zu schützen. Symptom: Zittern. Wer denkt dabei schon an etwas Schlimmes? Zweites Stadium: Der Herzrhythmus verlangsamt sich, die Versorgung des Gehirns mit Sauerstoff lässt nach. Bewusstseinstrübung, Verwirrtheit, Einschlafen. Beim geringsten Anzeichen von Schläfrigkeit, macht Gio uns klar, sollen wir um Hilfe rufen. Und das dritte Stadium …

»Das dritte Stadium, davon werdet ihr nichts mehr mitkriegen. Wozu euch also Angst machen. Genug Zeit verloren.«

Vier weitere Tage unter einem quecksilbrigen Himmel. Es hat nicht wieder geschneit, trotzdem kommen wir immer langsamer voran. Wir sind so nah an der Höhle, dass es kaum zum Aushalten ist, aber mit dem Öl können wir nicht mehr arbeiten, es lässt sich zu schwer ausräumen. So tief, wie das Loch jetzt ist, würde jeder beim Hinabsteigen über dem brennenden Petroleum ersticken. Außerdem haben wir nur noch einen Kanister, und den zu nehmen hat Gio uns verboten. In einem Notfall werden wir ihn brauchen. Als der alte Italiener uns das einschärfte, lag sein Blick auf mir, grün und bedrohlich wie ein Bergsee. Sich zu widersetzen kommt nicht infrage.

Also kratzen wir, am Grund des Schachts kniend, abwechselnd mit dem Pickel. Fast zehn Meter unter dem Eisspiegel ist die Kälte einzigartig, klirrend. Die Kälte eines reinen Diamanten. Trotz der vielen Schichten Kleidung, trotz Mütze und Handschuhen steigen wir alle dreißig Minuten hinauf zur Sonne. Solange einer von

 uns arbeitet, bleibt ein anderer am Rand des Lochs und

überwacht ihn, strikte Anweisung von Gio. Hält derjenige, der unten ist, auch nur kurz inne, ruft der Aufpasser ihm von oben etwas zu. Die Körperhaltung ist unbequem, der Durchmesser des Schachts erlaubt es kaum, in die Hocke zu gehen. Umberto, der Hüne, kann nicht länger hinabsteigen – sein Ischias hat sich gemeldet.

Wir sind Wracks, zerbrochene Schiffsrümpfe, gestrandet am Himmel. Die Knochen tun weh, die Muskeln, die Adern. Jeden Morgen nach dem Wachwerden beginnen wir die Geschichte der Menschheit von neuem. Auf alle viere, uns aufrichten und grummelnd auf einen Felsen stützen, um unsere müde Wirbelsäule zu strecken, und wenn das Teewasser kocht, sind wir *erectus*, auf *sapiens* müssen wir noch ein bisschen warten. Der Schlaf flieht uns trotz der Erschöpfung. Wutausbrüche sind keine Seltenheit mehr, die Anspannung ist immer zu spüren. Besonders Peter macht mir Sorgen. Seit unserer Rückkehr hat er sich verändert. Mehrmals hat er auf eine harmlose Bemerkung von mir schroff reagiert. Und als Umberto seinem Assistenten den Verlust eines Eispickels vorwarf, den er aus Unachtsamkeit in eine Spalte hatte fallen lassen, meinte Peter, er zumindest würde ja noch einen Pickel in die Hand nehmen. Der Deutsche ist nervös. Bei der kleinsten Regung des Gletschers zuckt er zusammen. Schluss mit dem abendlichen Puppentheater am Feuer.

Der September geht zur Ruhe. Bestimmt überzieht schon eine dicke, unmöglich abzuschlagende Eiskruste die oberen Sprossen des Klettersteigs. Mögen die drei anderen in der Lage sein, die Passage mit ihren Haken und Seilen zu bewältigen, für mich wäre ein Abstieg kaum zu schaffen. Aber das bekümmert mich nicht, nicht an diesem Abend, an dem ich nur die fünfzig oder sechzig Zentimeter Eis im Sinn habe, die uns von meinem Drachen der Dämmerung trennen. Denn als ich bei Einbruch der Dunkelheit meine Tour gerade beenden wollte, war ich mir sicher, dass ich das Tier sah! Die Erde bewegte sich, die Sonne schickte einen Strahl ins Innere der Höhle, tiefer denn je, und genau dort erkannte ich, für eine Sekunde nur, einen schönen weißen Kopf mit geduldigen Augen.

ER SASS IM WOHNZIMMER und war eingenickt, das Gewehr über den Knien, eine so nichtssagende Erscheinung, dass er die Welt kaum berührte: der Kommandant, mein Vater. Die Wölfe hatten mich an diesem Abend in Ruhe gelassen, und ich war hinuntergegangen, um an der Pumpe zu trinken. Vielleicht auch nur, weil ich keine Angst mehr vor den Wölfen hatte.

Ich trat leise an ihn heran. Ein Blumenkranz vergammelte auf der Anrichte hinter ihm, meine Mutter hatte erst sterben müssen, damit jemand ihm Blumen schenkte, und er hatte nicht mal daran gedacht, sie ins Wasser zu stellen. Das Zimmer roch nach Wein, nach Ochsenterrine, ein bisschen auch nach Schweiß. Seine sonnendunklen Arme schauten aus einem Unterhemd hervor, diese Arme, die eine Axt anhoben wie ich einen Füller. Die Hände hingen schlaff herab, aber man durfte ihnen nicht trauen. Sie waren gefährlich.

So etwas machte er gern, sein Gewehr reinigen, wenn er abends aus der Kneipe kam. In letzter Zeit ging er oft in die Kneipe, er sagte, das sei der Gram. Aber das war gelogen. In der Schule hatte ich das Wort in dem dicken Wörterbuch nachgeschlagen, *tiefe Betrübnis über den*

Verlust eines Menschen, dann hatte ich Betrübnis nachgeschlagen, *Trauer*, *Schmerz*, nirgends war die Rede von dem schallenden Gelächter im Kreis seiner Jagdfreunde am Tresen.

Ich nahm vorsichtig die Waffe. Der Kommandant kräuselte die Nase, ruckte auf dem Stuhl und schnarchte weiter. Eine tolle Büchse, eine Darne 1906, sein ganzer Stolz. Den Kammerverschluss öffnen, neben die Suppenteller greifen und zwei 12er Patronen nehmen, laden, wieder schließen. Ich kannte die Handbewegungen auswendig, er hatte mich gezwungen, sie zu lernen. Über die Verzierungen auf dem Metall streichen, das Schokoladige des Holzes, das schöne Blau des Laufs – dasselbe Blau wie mein Pépin –, so viel Schönheit, um jemandem wehzutun. Das Gewehr anheben. Kimme und Korn auf die niedrige Stirn ausrichten, genau zwischen die wulstigen Augenbrauen und die Haare, dicht und stachlig wie bei einem Igel. Nicht zittern, oder zumindest weniger heftig. Am anderen Ende brummelte der Kommandant etwas im Schlaf, er ahnte nichts.

Ich könnte jetzt sagen, ich hätte die Waffe zurückgelegt und wäre wieder ins Bett gegangen. Von wegen. Ich habe auf den Abzug gedrückt. Der Schuss ging los, das Fenster hinter dem Kommandanten zerbarst, er sprang auf und riss mir das Gewehr aus den Händen, he, verdammt, was machst du da, und dabei blinzelte er, die Augen rot und schwarz vor Wut und vom Wein. Entschuldige, Papa, ich wollte nur das Gewehr wegräumen, ich habe gesehen, dass du schläfst, ich wollte dich nicht wecken, der Schuss ist von allein losgegangen.

Der Kommandant sah mich skeptisch an. Dann setzte er sich langsam, zuckte mit den Schultern und schlief wieder ein.

Es ist nicht leicht, einen Menschen zu töten. Ich weiß das, weil ich es versucht habe. Das nächste Mal denke ich an den Rückstoß.

ICH HATTE ES UMBERTO SCHON GESAGT. Peter ist sonderbar, auch wenn ich das gar nicht unbedingt dachte. Aber so eng, wie wir im Lager aufeinanderhockten, war es unvermeidlich, ich hätte es voraussehen sollen.

Ich war bei unseren Vorräten gewesen, Peter stand mit bloßem Oberkörper hinter seinem Zelt und rieb sich mit Schnee ab. Über seine Arme und seine eingefallene Brust schlängelten sich weiße und rosa Linien, alte Narben, die Schrecken aus einer anderen Zeit kartografierten. *Selbstverletzung*, hätte unser Hausarzt befunden und sich am Bart gekratzt, *aha, aha, Peter fehlt Magnesium*. Aber Gewalt tut man sich nicht selbst an. Sie kommt immer von weiter her, von außen, egal welche Hand auf den letzten Zentimetern die Klinge führt und sie an die Haut setzt. Ich wusste nicht, was Peter damit hatte austreiben wollen. Ich hätte ihm sagen können, dass das nichts bringt, das wusste ich nur zu gut. So oft hatte es in meiner Familie geheißen, wir hätten die Traurigkeit im Blut, dass meine Mutter sich eines Tages die Pulsadern aufschnitt, um sie herauszulassen. Aber es hat nicht funktioniert, und die Traurigkeit ist geblieben.

Peter erstarrte, bedeckte sich nicht. Ich schaute ihm fest in die Augen und wollte etwas sagen, meine Geschichte mit ihm teilen, eine Geschichte alter Narben. Wollte ihm sagen, dass ich mit meinen zweiundfünfzig Jahren immer noch meinen Namen an die Innenseite des Pullovers nähte, weil meine Mutter mir erklärt hatte, dass sie mich dann immer finden würde.

Aber diesmal befolgte ich ausnahmsweise den Rat des Kommandanten, den ich jedes Jahr bei jedem Festessen zu hören bekam, und hielt meine große Klappe. Peter rieb sich weiter ab, ich setzte meinen Weg fort.

Wir haben ihn lange nicht gesehen, aber auf einmal ist Juri wieder da. Ohne seinen Schnurrbart. Der Mann von heute, betont er, geht nicht unrasiert, und er hat uns empfohlen, uns der neuen Mode nicht zu verschließen. Wir mussten lachen, wir sind uns der wuchernden Behaarung bewusst, die wir kaum pflegen und hinter der unsere Gesichter verschwinden. Und schon geht es los mit den sarkastischen Spitzen. Er knöpft sich Umberto vor. Seine Verlobte wird sich bestimmt fragen, wo er bleibt, nicht wahr? Hat er keine Angst, dass sie einen anderen heiratet, einen schöneren, jüngeren Mann? Einen kleineren vor allem, der sie nicht erdrückt, wenn er sich im Schlaf umdreht, oder? Umberto ringt sich zu einem Lachen durch, ihm ist anzusehen, wie jede Bemerkung an ihm nagt und seine große, gute, lederne Seele quält.

Daran hatte ich nicht gedacht: Wir haben keine Verbindung zur Außenwelt, und wir sollten längst zurück sein. Ob seine Fee sich, wenn der Horizont weiß wird, Sorgen macht über sein Fernbleiben und schon an den Fingernägeln kaut? Nicht ein einziges Mal hat er sich beklagt, nicht ein einziges Mal das Thema angesprochen.

Wirklich genial, wie Juri das macht. Aus der Deckung heraus attackiert er jetzt ein ums andere Mal mich: die Expedition, meine Vision, meine Sturheit. *Sieh doch nur hin, Stan. Schau dir unsere Gesichter an, unsere Hände. Schau dir unsere Augen an und unsere Herzen. Siehst du nichts? Genau, alles wegen dir.*

Das kleine Wollmonster hat recht. Wir leben auf engstem Raum zusammen, vierundzwanzig Stunden am Tag, seit fast zwei Monaten. Wie bei der Armee ist für Schamgefühle kein Platz. Trotzdem finde ich, dass ich diese erbitterten Anwürfe nicht verdient habe. Besoffen von seiner Rolle, sieht Juri sein Publikum nicht mehr, achtet im Gelächter nicht auf die rote Linie, die dem verständigen Narren anzeigt, dass es Zeit ist, einen Schritt zurückzutreten.

Stimmungswechsel. Mit zerknautschtem Gesicht erzählt uns Juri nun die Geschichte einer Gruppe von Holzfällern, die mitten im Winter in Sibirien zur Arbeit gingen. Sie kamen nicht zurück, nicht am Abend, nicht am nächsten Tag. *Pfft! Verschwunden* – Juris Hand vollführt die Bewegung eines Zauberkünstlers. Zwei Wochen später fand eine Rettungsmannschaft ihre Leichen, sie lagen verstreut um das Lager, halb nackt. Einige verstümmelt. Was für ein Teufel war das, den sie im verschneiten Wald aufgestört hatten?, fragt Juri raunend, und sein flanellener Blick wandert umher.

Gio schüttelt den Kopf, lacht spöttisch. Peter lässt seine Puppe beleidigt sinken.

»Das ist eine *wahre* Geschichte. Das stand in der Zeitung. Ich erfinde nichts.«

Achselzucken, schneidender Dialekt, Umberto übernimmt.

»Sie ist vielleicht wahr, aber sie hat kein Geheimnis.«

»Die Männer hatten fast nichts an, bei minus vierzig Grad!«

Hypothermie, drittes Stadium, da haben wir's. Das Gio uns erspart hat. *Paradoxes Entkleiden.* Die Muskeln entspannen sich, das Blut schießt zurück in die Extremitäten. Ein Gefühl von heftiger Hitze. Die Körpertemperatur ist auf achtundzwanzig Grad gesunken, und das Opfer zieht sich aus. Es kommt um vor Hitze, während es vor Kälte stirbt. Wir sind im Reich der Halluzinationen, der großen Opiumträume im Halbkoma. In diesem Stadium ist es bereits zu spät, der Verstand so weit weg von sich selbst, dass auf eine Wiederkehr nicht zu hoffen ist.

»Ja, aber die Verstümmelungen? So was kommt doch nicht von der Kälte!«

»Raubtiere. Raben, Füchse. In deiner Geschichte gibt es so wenig einen Teufel wie in der Unterhose des Papstes.«

An diesem Abend hat Peter uns, als er schlafen ging, nicht einmal Gute Nacht gesagt.

Die Umstände machen uns schon genug zu schaffen, auch ohne Juris Sticheleien oder Schauergeschichten. Also habe ich, als wir am nächsten Morgen zum Schacht aufbrachen, so ruhig wie möglich versucht, Peter gut zuzureden.

»Dein Wissen ist für uns überaus wertvoll. Und ich schätze es sehr, dass du dabei bist, wirklich ... Aber wir müssen zusammenhalten. Wir brauchen unsere ganze Konzentration, und deine Puppe ...«

»Ich habe nicht unter Kontrolle, was Juri sagt. Tut mir leid.«

Ich hatte die Nase voll von seinen exzentrischen Macken.

»Glaubst du, das Ganze ist ein Spiel?«

»Nein. Das ist die Hölle. Und da ich einverstanden war, zu bleiben und Ihnen zu helfen, könnten Sie, lieber Stan, sich Juri gegenüber wenigstens höflich zeigen.«

Worauf ich ihm mit dem Finger auf die Brust drückte. Ein wenig fester, und ich hätte ihn zu Fall gebracht.

»Niemand hat dich gezwungen zurückzukommen. Niemand hat dich gezwungen zu bleiben.«

Peter machte den Mund auf, sein Blick flog zu Umberto, ein mechanisches Lächeln. Dann zuckte er die Achseln.

»Nein. Niemand.«

Er ließ den Kopf hängen und tauchte ein in die kalte Luft, einen Fuß vor den anderen, in dieser Spur, die ein Ende nicht kannte.

Streit mit Peter, Streit mit Umberto, aus nichtigem Grund, steife Finger, die etwas fallen lassen, wacklige Beine, rempelnde Schultern, tut mir leid, war keine Absicht, kannst du nicht aufpassen, verdammt noch mal, du hast das Wasser umgekippt, dreißig Minuten hat es gebraucht, bis es kocht, ich sagte doch, tut mir leid, was soll ich denn noch sagen, jetzt beruhigt euch mal alle, ich weiß selber, dass wir erschöpft sind, ach tatsächlich, erschöpft, du mit deiner Schwachsinnsjagd auf das große Fabeltier, dann geht doch, wenn das ein Fabeltier ist, ich halte euch nicht zurück, nein, da war mein Mund wohl schneller als meine Gedanken, und Gio schweigt, schweigt immer, ein einziges Schweigen ist er, wir beruhigen uns ein wenig, ignorieren einander, reichen uns den Eispickel, ohne uns anzuschauen, und irgendwann fängt es wieder an, das ist unvermeidlich, Mensch, pass auf, du schmeißt mir Schnee auf die Schuhe, was du nicht sagst, Schnee im Hochgebirge, und weiter geht's, ein arktischer Trauermarsch unterm Knacken des Gletschers.

Ich hätte mich daran erinnern sollen, dass ich imstande war zu töten.

NUR NOCH ZWEI TAGE, dann sind wir in der Höhle. Gio hat mir bestätigt, dass das Wetter so bleibt, er ist sich ganz sicher. Wir werden glücklich oder unglücklich zurückkehren, reich oder arm. Aber wenigstens werden wir es *wissen*.

Unser Feuer ist heute Abend ein echtes Loderfeuer, ein Abschied von den Bergen. Das Zwischenlager ist abgebaut, und wir sind wieder im Basislager, dann können wir von hier gleich aufbrechen. Gio hat die letzten beiden Tage damit zugebracht, Haken und Seile an der Eiskaskade anzubringen, die sich über die oberen Sprossen des Klettersteigs zieht. Ich hoffe, mit seiner Hilfe schaffe ich es hinüber, denn andernfalls …

Andernfalls nichts. Es lohnt sich nicht, daran zu denken. Ich bin weit weg, versuche mich zu erinnern, wie alles angefangen hat. Ich kann nicht in die Höhle eindringen ohne die Begeisterung, die mich hergeführt hat, das wäre ein Sakrileg, man betritt eine Kirche ja auch nicht nackt. Wie hieß noch mal das kleine Mädchen, das mir von Leucios Drachen erzählt hat? Ich weiß gar nicht mehr, ob ich ihren Namen je erfahren habe. Louise? Juliette? Das war vor fünf Jahren. Lange her.

»Wissen Sie, Stan, in der Armee habe ich viele höhere Offiziere kennengelernt.«

Juri sitzt auf Peters linkem Arm und beäugt mich. Wie der Deutsche es schafft, ihm eine solche Bandbreite im Ausdruck zu verleihen, wird mir für immer ein Rätsel sein. Mit den drei Fingern seiner Hand kratzt Juri sich an der Wange und schaut nachdenklich zu mir. Seine schrille Stimme steigt aus dem Kerlchen auf, Peters Lippen bleiben vollkommen reglos.

»Und ich muss sagen, dass Sie, auch wenn wir beide nicht immer einer Meinung sind, einen hervorragenden General abgeben.«

Ich hatte mich abgewandt, und sofort kehrte mein Blick zurück zu der Puppe, das Kompliment verwirrte mich.

»Einen mustergültigen General, jawohl. Die Landser kämpfen, und Sie kassieren die Medaillen.«

Meinen großen Fehler hier in den Bergen, einen Fehler, vor dem Gio uns schon länger gewarnt hatte, den habe ich in diesem Moment begangen. War es die Erschöpfung, die Chemie unserer Körper, ein böser Geist, der ums Feuer strich? Was auch immer. Ich sprang auf und stürzte mich auf Peter.

Er stand ebenfalls auf, wich zurück und stolperte, fing sich wieder. Auf seinem Gesicht las ich die Angst eines Kindes, ein abgrundtiefes Entsetzen, ich hielt sofort inne. Aber dann war da, wie so oft in den letzten Tagen, ein herausforderndes Blitzen in seinen Augen. Er hob seine bebenden Fäuste, die Fäuste eines kleinen Jungen, der für ein Männerabenteuer noch nicht bereit ist und sich nicht traut, es zuzugeben.

Ich konnte ihn nicht schlagen. Also riss ich ihm in meiner Wut Juri aus der Hand und warf ihn ins Feuer.

Die Puppe landete mitten in den Flammen. Peter stieß einen Schrei aus, den Schrei eines verwundeten Tiers, und er wäre hinterhergesprungen, hätten Gio und Umberto ihn nicht festgehalten. Unser Feuer war an diesem Abend mehr ein Öl- als ein Holzfeuer, ein Todesfeuer, das an der Haut klebt, wenn man ihm zu nahe kommt. Die Puppe loderte sofort auf. Ich sah ihre Augen versinken, die Haare leuchteten in einem rötlichen Kranz, er griff über auf den Rumpf und die Gliedmaßen und verbrannte sie zu Asche. In weniger als einer Minute war Juri verschwunden.

Gio und Umberto ließen Peter wieder los. Er suchte nach unseren Blicken, wanderte von einem Gesicht zum nächsten, und so erregt, wie er war, fragte ich mich, ob das Fassungslosigkeit war oder Hass. Er stoppte bei mir, und alles in mir spannte sich, ich war bereit zum Angriff.

In dem Moment brach er in Tränen aus. Er weinte und weinte, wie ich in meinem Leben noch nie jemanden hatte weinen sehen, nicht mal meine Mutter, er heulte Rotz und Wasser, seine Schultern bebten. Die Verzweiflung war so groß, dass sie die Nacht zum Schweigen brachte. Dann kniete er sich neben das Feuer und hob den Kopf zu mir, seinen Vogelkopf, der eine Tonne wog.

»Ich bin nicht aus dem Seminar ausgetreten …«

»Wie bitte?«

»Man hat uns von der Anstalt verwiesen … Juri und mich.«

»Peter …«

»Ihr seid genau wie die. Ihr verbrennt, was ihr nicht versteht.«

Ich hatte nicht die Courage, die anderen anzuschauen, und auf dem Weg zu meinem Zelt blies ich, so fest ich konnte, in die noch glimmende Glut meines Grolls. Peter hatte mir den letzten Nerv geraubt. Das hatte er verdient.

Etwa nicht?

Ich brauchte lange, ehe ich einschlief. Draußen knisterte die Kälte, sie stahl sich durch die kleinste Ritze. Mitten in der Nacht fiel eine wattige Stille herab. Es schneite. Zum ersten Mal nahm ich die Nachricht mit Erleichterung auf. Nichts geht über ein wenig frischen Schnee, um die Tafel abzuwischen und alles auszulöschen, unsere ungelenken Zeichnungen und unsere Kreidespuren, unsere Rechenfehler und unsere Eselskappen. Bei Tagesanbruch würden wir noch einmal von vorn anfangen können.

ALS ICH AUS DEM ZELT KAM, saß Peter nicht beim Frühstück. Umberto beugte sich über seinen Tee, Gio war beim Feuer und rauchte. Mit einer Kinnbewegung antwortete Umberto auf meine stumme Frage. Dort hinten, auf dem vom frischen Morgen noch feuchten Gletscher, rückte ein schwarzer Punkt voran. Peter war ohne uns zum Schacht losgegangen. In dem meterhohen Schnee hatte er die Spur allein gezogen, eine gewaltige Strapaze.

»Besser nicht«, meinte Umberto, als ich schon zur Ausrüstung griff. »Bleib hier. Ich rede mit ihm.«

Reden hilft doch nichts, hätte ich ihm am liebsten gesagt. Das ist was für Pfarrer, um die eichenhölzerne Stille der Beichtstühle auszufüllen. Aber ich legte meinen Rucksack wieder ab.

Gio und ich sind fertig mit den Vorbereitungen für unseren Aufbruch. Wir haben die Seile abgerollt und aufgewickelt, dann das Ganze noch mal, weil ich mich dumm angestellt hatte. Wir haben die Befestigungen der Zelte überprüft, die bis zu unserer Rückkehr am Ende des Frühjahrs hier stehen bleiben sollen. Bald ist es so weit. Ich schaue zum Gletscher und spähe nach einem Wink, einem Zeichen, dass die Höhle endlich offen ist, dass die letzten Zentimeter Eis sich als gute Verlierer zeigen und vor unserer Hartnäckigkeit kapituliert haben.

Umberto! Er kommt in der Spur heruntergesaust, rutscht aus, verschluckt vom Weiß, steht wieder auf und rennt mit wedelnden Armen auf uns zu. Mir stockt der Atem. Meine Füße, schwer vom Schnee und von der Angst, sträuben sich gegen jede Bewegung. Schließlich unterlegt Umbertos Stimme die gestikulierende Silhouette mit einem Laut, die Gestalt dieses Hünen, der zum ersten Mal winzig klein zu sein scheint. *Aiuto. Aiuto.*

Gio ist schon losgeprescht, über der Schulter ein Seil. Er rennt auf Umberto zu. *Aiuto. Hilfe.* Ich mache mich ebenfalls auf. Gio ist, ohne anzuhalten, an Umberto vorbeigelaufen und stürmt auf den Gletscher zu. Mein Freund fällt im Schnee auf die Knie, ein einziges weißes Röcheln, seine Zähne versuchen der Luft ihren allzu knappen Sauerstoff zu entreißen, diesen silbernen Staub, den wir uns Tag für Tag teilen. Er sagt etwas, sagt es auf Italienisch, versteht nicht, dass ich nichts verstehe, redet hektisch weiter.

Aber die Worte sind egal. Ich kenne den Gesichtsausdruck, es ist das Gesicht der Katastrophen, das Gesicht, mit dem dir eines Morgens jemand von deiner Mutter erzählt, von deinem schönen blauen Hund, von Menschen, die du magst, oder von anderen, die du nicht kennst, die aber einer Person etwas bedeutet haben, denn genau so sieht es aus, dieses Gesicht.

Umberto weiß es nicht. Peter war gerade aus dem Schacht gekommen und hatte sich ein paar Schritte entfernt, um in der Sonne ein bisschen Trockenobst zu essen. Sie hatten sich noch zugewinkt. Eine Minute später war Peter verschwunden, einfach so. Nur ein paar Früchte lagen verstreut auf dem Eis, am Rand einer Gletscherspalte, eine Aprikose, eine Rosine, ein Handschuh, das ist alles. Umberto weiß nicht, was passiert ist.

Gio konnte nichts ausrichten. Er hat sich in die Spalte abgeseilt, musste Haken anbringen, weil es immer weiter hinabging, musste noch eine Seillänge dranhängen, um in Richtung Mittelpunkt der Erde vorzudringen, so weit, dass das Blau schwarz wurde. Wir standen oben und warteten schweigend. Als er wieder hochkam, schüttelte er den Kopf. Ich schrie ihn an, er solle noch mal runtersteigen. Nein, so einfach würden wir Peter nicht zurücklassen, vielleicht wartete er auf uns wie Pépin in seiner Falle, wie der Adler in seinem Brombeerstrauch, wartete darauf, dass wir ihn befreiten, dass wir …

»Es reicht.«

Umberto hat mich nicht mal angesehen. Die Spalte ist zu tief, der Berg hat sich gerächt.

Peter ist tot. Es gibt keine tausend Arten, das zu sagen, es gibt nur eine. Eine banale, abgewetzte, fast butterweiche, so oft wurde sie benutzt, geflüstert auf grauen Eingangstreppen oder auf der Schwelle von Zimmern, die viel zu lange vor dem Tageslicht verschlossen waren. Gestorben für das Vaterland. Gestorben an diesem, gestorben an jenem, gestorben für nichts. Aber tot, so viel ist gewiss. Man muss es immer wieder sagen, das weiß ich nur zu gut. Denn selbst wenn man es schon weiß, glaubt man es nicht, weil die Gründe niemals wirklich überzeugen. Also zwinge ich mich, die Worte auszustoßen, sie in die Kälte zu werfen. Niemand hört zu, aber irgendjemand, irgendwo, wird das Bedürfnis haben, es auch zu glauben.

Peter ist tot.

Ich bin sauer auf dieses Weiß, dieses Schneeweiß, das uns verrückt macht und alle in die Irre führt, Mensch und Tier. Ich kann noch so gut wissen, dass ein Prisma uns die Farben zeigt, die sich darin verbergen, kann mir noch so oft sagen, dass dieses Weiß die Larve eines Regenbogens ist, aber ich kann ihm nicht verzeihen. Es war mein Fehler, ja, mein Fehler, dass ich dachte, wir könnten es mit ihm aufnehmen.

Himmelsbestattung, Einäscherung, Begräbnis. Raubvögel, Feuer, Erde. Wir sind Paläontologen. Wir kennen sie alle, diese Rituale, die die Menschen erfunden haben, um von ihren Toten Abschied zu nehmen, um zu verhindern, dass die Lebenden ihnen hinterherstraucheln. Wir kennen sie alle, und andere noch dazu.

Aber in diesem Land der Knochen und der Kälte, in diesem Niemandsland, wie soll man sich da von Peter verabschieden? Unser Winzvölkchen, unsere Dreiergesellschaft könnte es nicht sagen. Mangels Vergangenheit muss alles erst erfunden werden. Wir sind Paläontologen, und das hilft uns gar nichts.

Wir haben seine Sachen am Rand der Gletscherspalte

zusammengetragen. Satzfetzen aus der Messe kommen mir in den Sinn, Lavernhe mit seiner wulstigen Unterlippe, der bei der Beerdigung meiner Mutter Latein ausspuckt wie Sportergebnisse, *mors stupebit et natura, l'Étoile de France schlägt Red Star und gewinnt die Trophée de France, cum resurget creatura, 3 zu 1, ein wohlverdienter Sieg, meine Güte, halt dich gerade,* sagt der Kommandant, und schon setzt es einen gemeinen Nackenschlag, weil meine Beine zittern, aber was soll ich tun, ich bin neuneinhalb, seit einer Stunde stehe ich in der kalten Kirche. Entschuldige, Mama, entschuldige, Peter, schaut her, ich halte mich gerade. *Mea culpa. Mea maxima culpa.*

Ich kann mir noch so oft sagen, dass in diesem Moment tausend Puppen auf der Welt brennen, ohne dass ein Bauchredner davon stirbt, ich nehme es mir trotzdem übel, denn ich habe zwei Monate mit einem Menschen verbracht und nichts von ihm gewusst, oder erst zu spät, *darum bitte ich die selige Jungfrau Maria, alle Engel und Heiligen und euch, meine Brüder, für mich zu beten bei Gott, unserem Herrn, amen.*

Stan wird uns jetzt einen schönen Text für seine Mutter vorlesen, verkündet Lavernhe. Ich schaue zu Umberto, er hat etwas gesagt, hat mich etwas gefragt. *Nein, Pater, ich kann nicht vorlesen, das schaffe ich nicht.* In meinem Kopf hallt es wider von *Dies irae* und *Kyrie*, aber ich bringe nur stumme Wolken hervor, seltsame Hickser. Meine Traurigkeit ist immer noch dieselbe, in vierzig Jahren hat sie sich nicht verändert, ein lahmendes Tier, das mir in seiner blinden Panik den Bauch aufreißt, nur rauswill, sich windet und so das Gegenteil erreicht, immer tiefer eindringt und mich daran hindert, es auszustoßen an dieses Tageslicht, das es endlich tötet. *Na los*, sagt der Kommandant zum Schluss und pustet in die Hände, *das kann's nicht gewesen sein, Jungs, wärmen wir uns ein bisschen auf.*

Wir geben Peters Sachen einen Schubs. Ohne irgendwo anzustoßen, gleiten sie in die Tiefe, und auf einmal ist er nicht mehr da, nichts mehr von ihm.

Peter konnte lachen. Peter ging einem auf die Nerven. Peter sang Marlene Dietrich.

Sag mir Adieu.

IHRE RUCKSÄCKE SIND GEPACKT. Meine Freunde sind so weit gegangen, wie sie konnten. Ich versuche nicht, sie zurückzuhalten. Sie bitten mich nicht, mitzukommen.

Gio steht vor mir und legt schweigend das Kletterzeug an, schließt den Karabinerhaken um ein imaginäres Seil, öffnet ihn – er zeigt mir, welche Handbewegungen ich machen soll, wenn ich später nach dem Seil greife, das er über der Eiskaskade für mich zurücklässt, daran kann ich mich bis zu dem noch freien Teil des Klettersteigs herunterlassen.

Wir gehen zusammen bis zu der Stelle, wo der Hang beginnt. Schwere Schritte, ziellose Gesten. Wir geben uns ein letztes Mal die Hand, Umberto bleibt stehen, bevor er sich an den Aufstieg macht. Ein Blick genügt. *Bist du dir sicher? Ist dir klar, dass niemand dich holen kommt, wenn du es nicht allein runterschaffst? Dass deine Überlebenschancen mit jedem Tag sinken?*

Ja, Berti, das weiß ich.

Sie steigen langsam auf, zwei Kohlestifte, die dahinziehen, ohne auf der weißen Leinwand eine Spur zu hinterlassen. Ein Vorsprung verschluckt sie, sie tauchen wieder auf, winzig klein auf dem Grat. Ich bilde mir ein, dass Umberto die Hand hebt, und ich antworte ihm – vielleicht denkt er von mir dasselbe. Dann schwanken sie ein letztes Mal und werden eins mit dem Himmel.

Gleich am nächsten Tag bin ich wieder auf den Gletscher gegangen und habe geschlagen, gekratzt, als hinge mein Leben davon ab. Natürlich hängt mein Leben davon ab. Ich zwinge mich zur selben Disziplin wie an all den anderen Tagen: jede Stunde einmal raus aus dem Loch, bevor die tödliche Schläfrigkeit mich überkommt. Am ersten Tag habe ich dreißig Zentimeter Eis aufgebrochen.

Am Abend dann die Einsamkeit. Nachdem Umberto und Gio sich von mir getrennt hatten, kam ich so erschöpft zum Lager, dass ich, ohne auch nur einen Bissen zu essen, eingeschlafen bin. Doch als ich später an meinem Feuer saß, wurde mir bewusst, was es heißt, allein zu sein. Das ist ein *körperlicher* Druck, ist die Luft, die mich zerquetschen will, ist die ganze Welt, die mich spüren lässt, was für ein armseliges Würstchen ich bin, zu nichts nutze, ist eine Hand auf meinem Gesicht, die mir Schweigen gebietet und den Atem nimmt. Man wird mir entgegenhalten, dass man auch in einer Menschenmenge allein sein kann. Unsinn. Von einer Menschenmenge träume ich. Von Gedränge, Getrampel, von zusammengepferchten Körpern in der überfüllten Metro. Hier bin ich umgeben von Millionen und Abermillionen Kubikmeter, Hektar, Tonnen Nichts, Leere und Abwesenheit. Wenn ich hinfalle, hilft mir niemand auf. Wenn ich einschlafe, weckt mich niemand. Das heißt es, allein zu sein.

Ich flüchtete mich in mein Zelt und betete, es möge Tag werden.

In der Frühe gleich wieder an die Arbeit. Ich muss fertig werden, weg von hier. Ist es schon Oktober? Ich habe aufgehört, die Tage zu zählen. Schaue hoch in das Rund des strahlenden Himmels zehn Meter über meinem Kopf. Mittag. Nur noch ein paar Schläge mit dem Pickel. In diesen Tiefen, in meinem kleinen Reich des Kobaltblaus, höre ich den Gesang des Gletschers umso lauter. Peters Stimme mischt sich hinein, Marlene in einem toten Leib. Ich kratze, ich schlage, ich räume aus. Ein gespenstischer Chor. Bloß nicht hinhören. Ich schlage und kratze und räume aus.

Endlich. Ich bin da. Auf einer handgroßen Fläche ist kein Hindernis mehr zwischen der Höhle und mir.

Zwei Stunden habe ich noch gebraucht, bis der Durchbruch groß genug war. Vor lauter Aufregung hatte ich vergessen, noch mal hochzuklettern, und bin eingeschlafen. Mein Leben verdanke ich meinem Eispickel, er ist mir aus den Fingern gerutscht und aufs Schienbein gefallen, mit der Spitze voran. Von dem Schmerz bin ich aufgewacht, und wie ein Stoffwurm habe ich mich in meinen nassen Sachen hochgezogen, hin zum Licht. Pater Lavernhe hatte recht. Das Licht rettet die Menschen, wenn alles verloren zu sein scheint, auch wenn

 er das an dem Tag der jährlichen Partie gegen die Jungs

von Buzy gesagt hatte, als die Sonne sie blendete und unsere Mannschaft in letzter Minute noch den Ausgleich erzielen konnte.

Die Sonne, ja. Sie geht unter, genau so habe ich es mir vorgestellt. Absicht war das nicht, das ist ein Geschenk des Zufalls. Nur reichen ihre Strahlen jetzt nicht mehr bis in die Tiefe. Mit der Lampe in der Hand krieche ich auf dieses Heiligtum zu, nach dessen Eingang ich schon so lange suche. Meine Flamme weitet die Höhle, schiebt mit ihrer orangen Schulter die Dunkelheit beiseite. Ein Haufen Treibholz hat sich nahe der Schwelle angesammelt, riesig und weiß. Ein seltsames Gefühl, auf dem Grund eines Meeres zu sein.

Plötzlich halte ich inne. Wenn ich hier herumstöbere, wie man im Durcheinander eines Kellers nach irgendeinem Werkzeug sucht, verderbe ich den Moment. Das alles will richtig gemacht werden. Also schließe ich die Augen und denke an Leucio. Denke an meine Mutter und denke an Mathilde. An Pépin, an Madame Mitzler, an Marsh, an Deller und selbst an den Kommandanten. An die Mitglieder dieser Expedition natürlich auch, die Lebenden und die Toten.

Kaum hatte ich die Augen wieder aufgeschlagen, sah ich ihn, direkt vor mir, aus seinen leeren Augenhöhlen starrte er mich an. Als ich mich wieder gefasst hatte, musste ich laut lachen.

JETZT BIN AUCH ICH AUF DEM WEG zum Klettersteig, drei Tage nach meinen Freunden. Hinter den Gipfeln sind Theaterwolken aus den Kulissen aufgezogen, so violett und pausbäckig, dass sie falsch aussehen. Bei dieser Wetterlage den Abstieg wagen? Das wäre Wahnsinn. Abwarten erst recht.

Ich habe Leucios Drachen gefunden. Ja, ich habe ihn gefunden, er schlief auf einem Meer von Treibholz und machte einen etwas traurigen Eindruck. Ein Brontosaurus war das nicht. Auch kein Apatosaurus und kein Diplodocus. Das war überhaupt kein Dinosaurier, sondern ein ausgewachsenes großes Rentier. Oder ein Elch. Uralt, keine Frage, was darauf hindeutet, dass es während der letzten Glazialzeit in diesem Hochtal sehr wohl Leben gegeben hat. Mir war sofort klar, wieso Leucio, der verängstigte, fiebrige Junge, ihn für einen Drachen halten konnte. Der Haufen blankes Holz, auf dem der Kopf lag, wirkte auf ihn wie ein riesiges Skelett. Armer Leucio, was für eine Angst er gehabt haben muss. Armer Stan, was für ein Narr.

Dieser Karibukopf stammt vom Ende des Pleistozäns, er ist vielleicht zehntausend Jahre alt. Für Laien ein Schatz, für Paläontologen allenfalls eine Kuriosität. Solche Entdeckungen sind nicht selten. Ein Schluss mit komischer Pointe, eines Tages werde ich darüber lachen. In ein paar Jahrzehnten.

Am Steig lege ich mit mechanischen Handgriffen das Kletterzeug an. Vor einer Woche war der Blick ins Tal wie ein Schlag gewesen. Das Grün, das Braun, das rote Dach eines fernen Häuschens – nach Wochen der Ödnis hatte mir dieses Bild in die Netzhaut geschnitten. Heute ist alles weiß. Der Schnee nivelliert die Höhenunterschiede, macht sie mit einer einzigen autokratischen Geste gleich. Mein Auge sagt meinem Fuß, er soll einen Schritt nach vorn tun, verspricht ihm, dass sich dort eine ebene Fläche erstreckt, dass er festen Boden unter sich spüren wird, nicht dreihundert Meter Tiefe. Zum Glück hat Gio uns alles beigebracht. Ein anderer Stan überprüft jeden Griff, jede Bewegung, hält mich am Leben.

Ich bin bereit, Karabinerhaken in der Hand, und im selben Moment bricht eine schwarze Wand über mich herein, ein Schwindel im Kopf wirft mich in den Schnee. Ich weiß nicht, was ich tun soll! Weiß nicht, was ich anfangen soll mit diesem Haken und diesem Seil, das in den Wolken versinkt. Natürlich habe ich Gio zugesehen, als er mir die Handbewegungen zeigte, noch jetzt sehe ich ihn vor mir. Bloß dass seine Hände verschwommen sind, ich erinnere mich nur an seine Augen, wie Bergseen.

Obenherum, untenherum, ich probiere verschiedene Kombinationen aus, erfinde meine eigenen Knoten.

Aber es hilft alles nichts. Ich verstehe diese mysteriösen Schlingen nicht, mit denen sich ein Stück Metall und ein Stück Hanf so verbinden lassen, dass man ihnen ein Leben anvertrauen kann. Und schon gar nicht, wie ich auf den Gedanken kommen konnte, ich würde allein und ohne die geringste Erfahrung schaffen, wofür andere erst jahrelang üben.

Auf allen vieren krieche ich durch den Schnee, fort von dem Abgrund, und starre in das Kar, das sich unter mir erstreckt, den Kessel, aus dem ich gekommen bin. Ich habe schon lange nicht mehr geweint. Selbst beim Tod meiner Mutter habe ich nicht geweint. Nicht weil mir nicht danach gewesen wäre, im Gegenteil, mein Kopf war voll von siedend heißem Wasser, das nur hervorschießen wollte, aber der Kommandant hat mich fest angesehen, und ich wollte mich vor ihm nicht aufführen *wie ein Mädchen*.

Aber jetzt weine ich, vergieße Tränen über diese heillose Situation, für die ich verantwortlich bin, über den jungen Mann, den der Gletscher sich genommen hat, die Freundschaft, die die Berge verschlissen haben, die verdammten Seile und die Unfähigkeit meiner Hände, über diesen ganzen Irrsinn, auf den ich mich warum auch immer eingelassen habe. Ich wollte an ein Märchen glauben. Das trifft sich gut, der Titel passt schon mal, denn ich werde in einem Eisschloss leben müssen, bis der Frühling mich daraus befreit.

WINTER

ICH HÄTTE ES NICHT über mich gebracht, wäre nicht diese Erbschaftsangelegenheit gewesen, all die notariell zu beglaubigenden Unterschriften, irgendein Bankkonto im Heimatland meiner Mutter, das sie längst vergessen hatte. Ich musste eine Nacht in der Höhle des Monsters verbringen. Musste den Kommandanten wiedersehen. Das war vor zehn Jahren. Unsere letzte Begegnung.

Seit ich das Dorf verlassen hatte, war ich nicht mehr zurückgekehrt. So ein Bauernhof verändert sich nicht, und ich kam in einer weißen Jahreszeit, die den früheren glich. Ich klopfte, niemand öffnete. Die Werkstatt war leer, die Scheune auch, also stieß ich die große Holztür auf.

»Papa?«

Im Haus roch es nach Alter, nach diesem Alter der Steine und der Menschen. Alles verströmte die Stille eines kalten Kamins, eine Erinnerung an Suppen und an Sodbrennen.

»Papa?«

Er lag im Wohnzimmer, ein umgekipptes Tischchen zu seinen Füßen, inmitten der Puttensammlung meiner Mutter. Die Figuren waren in tausend Stücken. Als ich ihm aufhelfen wollte, stieß er mich fort. Diese verdammten Anfälle, murmelte er. Er sagte mir nicht Guten Tag, und ich fragte ihn nicht, wie lange er schon so dalag, hingestreckt in seinem tönernen Fegefeuer, die Glieder steif von der Gicht und von falschem Stolz. Er schleppte sich zum Wohnzimmertisch, setzte sich. Das Tischtuch war noch dasselbe, aber das Meer aus rotweißen Karos war nur noch eine Pfütze, alles klein und mickrig. Er schenkte sich ein Glas ein, tippte sich an die Stirn, nahm ein zweites, goss es randvoll und schob es zu mir.

Also, wie geht's dir, mein Lieber? Erzähl mal ein bisschen. Du fehlst mir. Erst gestern habe ich von dir gesprochen.

»Erinnerst du dich an den Sohn der Castaings? Tja, der hat den Betrieb seines Vaters übernommen. Sie wollen expandieren. Läuft bombig.«

Du hast mir auch gefehlt, Papa. Du solltest dich ein bisschen schonen. Und vielleicht jemanden ins Haus holen, der dir hilft. Ich komme jetzt öfter.

»Ich bin Professor an der Universität, in Paris.«

Ich wusste, dass mein Sohnemann es weit bringen würde. Ich bin stolz auf dich, ehrlich.

»Und was macht so einer, ein Professor?«

»Er forscht.«

»Nach was forschst du denn, was wir hier nicht haben?«

Zwanzig Jahre Schweigen, die Stille so tief wie eine leere Tränke im Hochsommer, und wir hatten nichts, was wir hineingeben konnten, nicht einen Tropfen. Der

Kommandant schob seinen Stuhl zurück und wollte eine weitere Flasche vom Büfett nehmen, sein Gesicht verzerrte sich. Ich sprang auf, aber er brüllte nur.

»Ich brauche keine Hilfe, verdammt noch mal!«

Plötzlich war er kein alter Mann mehr, zusammengeschrumpft in seinem schmuddeligen Unterhemd. Er war jetzt, als er wieder saß, ein Riese mit Armen wie Baumstämme, ein Jongleur von Ambossen, ein grober Klotz, der mit diesem sonderbaren Feingefühl tanzen konnte, das meine Mutter unterm Feuerwerk des 14. Juli bezaubert hatte.

»Jahrelang habe ich mich abgerackert, für dich und die Spanierin. Und wie habt ihr es mir gedankt?«

Zweites Glas. Ich hatte den Kommandanten nie betrunken gesehen. Wenn er zuschlug, war er immer nüchtern.

»Weiß der Kuckuck, warum du nicht sein kannst wie die anderen. Mit den Füßen auf der Scholle. Ein Mann, der weiß, wo er hingehört. Und das ist ein schönes Fleckchen hier, eine schöne Scholle – *drittes Glas*. Woher hast du das, unbedingt studieren zu müssen, als wären wir dir nicht gut genug ... Ich hätte dich anders erzogen. Wie damals, bei der Sache mit dem Köter.«

Pépin?

»Was, welche Sache?«

»Deine Mutter wollte ja nichts sagen. Ich hätte dir die Wahrheit gesagt, wie einem Mann. Die Töle hat mich einmal zu oft gebissen. Und dann diese Geschichte mit dem Sohn der Castaings, ich wollte keine Scherereien. So ein Tier, auf einem Hof, das ist gefährlich. Musste sein. Hinter dem Stall, zwischen die Augen, er hat es gar nicht gemerkt.«

Mein Unterkiefer bebte. Meine Lippen, meine Augen, meine Zähne. Ich erhob mich langsam und ging auf die Tür zu. An der Schwelle drehte ich mich für ein Abschiedswort um.

»Ich bedaure nur eins. Dass ich dich nicht getroffen habe an diesem Abend.«

Er kratzte sich an der Wange. Er war schlecht rasiert und versank in seiner Haut wie in einem Pyjama, der ihm an seinem Lebensabend zu groß geworden war.

»Das war der Rückstoß«, erklärte er mit einem Achselzucken.

Ich musste daran denken, wie sie sich kennengelernt hatten. Und ich rieb meine Eltern wie altes Kupfer, um das Schwarze zu entfernen. Richtete ihre Köpfe wieder auf, machte ihre Körper schlanker, knipste ihre Augen an. Sie hatten sich bestimmt für einen Moment geliebt, als sie unter den Lampions des 14. Juli herumwirbelten, vielleicht waren sie auch stehen geblieben, während die anderen sich schon drehten. Dein Vater war schön, hatte meine Mutter gesagt, und er war sanft, konnte tanzen wie ein junger Gott. Tausendmal habe ich an diese erste Begegnung gedacht, meist nachts, wenn mir war, als würde ich ersticken. Sie mussten sich einfach geliebt haben, welchen Grund gab es sonst für mich, auf der Welt zu sein, zu atmen, den Platz eines anderen einzunehmen? Aber wohin war diese Liebe gegangen? Ich habe unter meinem Bett nach ihr gesucht, in den kalten

Wänden, im Wald, in den Augen meiner Mutter und später in den Augen anderer Frauen, und schließlich verstand ich, dass sie zu Stein geworden war. Der Stein musste irgendwo hingerollt sein, oder er war durch ein Loch in der Tasche gefallen, vielleicht hatten sie sogar ein bisschen danach gesucht, aber finde mal einer einen Stein in dem Schotterhaufen dieser Welt.

Als ich am Bahnhof auf den Zug nach Paris wartete, sprach mich ein Mann an, den ich nicht gleich erkannte. Es war der ehemalige Hauptmann der Gendarmerie, der sich geweigert hatte, nach Pépin zu suchen, der Freund des Kommandanten. Er kam aus Bordeaux, wo er sich hatte operieren lassen, die Nieren, sagte er, jetzt kann ich endlich wieder dinieren!, und er lachte so laut, dass der Stationsvorsteher, der am Schalter vor sich hin döste, hochschreckte.

Ich hatte keine Lust, mich zu unterhalten, gab mich aber höflich. Ja, ich war Paläontologe, ein Stirnrunzeln des Exhauptmanns, Pa-lä-on-to-lo-ge, ja, genau, der verarztet auch, könnte man so sagen.

»Eins ist jedenfalls sicher, mein Junge, du kommst ganz auf deinen Vater«, sagte er, als wir uns verabschiedeten.

»Wie bitte?«

»Na klar doch, Henri und ich haben einen Teil der Grundschule zusammen gemacht. Er musste dann aufhören mit der Schule und auf dem Hof arbeiten. Nach dem, was deinem Großvater mit den Boches passiert ist. Weißt du nicht mehr?«

»Ich habe ihn nicht gekannt.«

»Weihnachtsabend 1870. Die Deutschen schicken ihm als Geschenk eine nagelneue Granate. Er will sie zurückschicken, von wegen nein danke, und *wamm*, fliegt ihm das Ding um die Ohren. Er hat Glück gehabt, der alte Herr, dass er nur einen Arm verloren hat. Wie auch immer, als er wieder zu Hause ist, geht die Lehrerin zu deinen Großeltern und bittet sie, deinen Vater nicht von der Schule zu nehmen, er kann schon besser schreiben als die anderen, sagt sie, und er wird es mal weit bringen, wer weiß, vielleicht sogar zum Notariatsgehilfen. Deshalb sage ich ja, ihr ähnelt euch. Henri hätte bestimmt weitergemacht, da bin ich mir sicher. Deine Großmutter war dafür, aber der Großvater hat ihr schnell klargemacht, wer der Chef im Haus ist ... Selbst mit nur einem Arm hat er sich Respekt verschafft. Er brauchte Unterstützung auf dem Hof, darum ging's, um sonst nichts. Nicht wie heute mit all den Maschinen. Du siehst also, aus Henri hätte genauso ein Intellektueller werden können. Vielleicht nicht so ein Kaliber wie du, aber ein Intellektueller für uns hier, das schon. Der einzige Unterschied zwischen deinem Vater und dir ist eigentlich nur, dass er immer ein Raufbold war. Und du ... na ja.«

Aus seinen Augen sprach Mitleid, Mitleid mit einem, der nicht wusste, wie man sich prügelt. Dann kam mein Zug, ein Pfiff, der 15 Uhr 14 nach Paris, bitte einsteigen, Messieurs-Dames, Vorsicht bei der Abfahrt.

NENNT MICH SCHNEE – ich bin nichts anderes mehr. Er ist überall. Auf den Bergen und in den Mulden, schwebend auf den Graten. In meinen Stiefeln, in meinen Handschuhen, in meinem Kragen. In meiner Lunge, in meinem Mund und in meinen Augen. Auf den Wimpern, in meinem Bart, in meinem Zelt. Ich bin nur noch Schnee.

Die ersten Wochen waren nicht einfach. Zuerst hatte mich die Euphorie gepackt. Euphorie, als ich feststellte, dass ich mit unserem Proviant aus Dörrfleisch und Trockenobst, ausreichend für eine ganze Armee, durch den Winter kommen würde. Auch hatte Gio das Lager an einem sicheren Ort aufschlagen lassen, ich musste keine Lawine fürchten, und die Kälte war erträglich. Mit den fast fünfzig Litern Öl, die ich hatte, konnte ich jeden Abend ein kleines Feuer machen, dabei war ich äußerst sparsam, immer nur eine Verschlusskappe voll. Ich zündete es so nah am Zelt an, wie ich mich traute, und wenn es dann allmählich ausging, kroch ich hinein, rollte mich zu einer Kugel zusammen und hielt die Wärme fest.

Unter solchen Umständen, das habe ich schnell begriffen, darf man dem Verstand nicht trauen. Mangels

Gegenstand, auf den er sich konzentrieren kann, wendet er sich gegen sich selbst und frisst sich langsam auf. Also bete ich jeden Tag her, was ich im Studium gelernt habe, klopfe es ab, käue wieder. Ich rassele die geologischen Perioden herunter, Kambrium, Ordovizium, Silur, bis zum Quartär, dann unterteile ich sie in Epochen, Paläozän, Eozän, Oligozän, ich datiere, jongliere mit Zahlen, vorwärts, rückwärts, beginne noch einmal mit der Entstehung des Universums, erschaffe die Sonne, forme die Erde, die Klimata, spende das Leben auf dem Grund der Meere, ziehe die Kontinente auseinander, Asien hierhin, Amerika dorthin, bevölkere sie mit Ungeheuern wie dem Tier, nach dem ich gesucht habe, lasse sie aussterben, gehe gebeugt, richte mich auf, erfinde das Feuer, das Metall, erbaue unsere Städte, gehe durch einen gelben Flur bis zu meinem Büro im Untergeschoss, setze mich an den Schreibtisch und schlafe vor Erschöpfung ein. Am nächsten Tag fange ich wieder an.

Die größte Herausforderung ist die Stille. Es hat geschneit, mehrmals. Ich höre den Gletscher nicht mehr knacken. Höre nicht den kleinsten Vogellaut. Bleibt nur der Wind, dessen allzu seltene Besuche ich willkommen heiße. Wenn er von Süden weht, von der Küste her, schließe ich die Augen und spanne meine Sinne, versuche alles zu erfassen, was er auf seinem Weg mitgenommen hat, Fetzen einer Unterhaltung, Liebesseufzer, Fahrradklingeln, Geruch von Teer, das Quietschen eines Reklameschilds und eine Adventkantate, was immer meine Fantasie hineinzulegen vermag.

 Manchmal singe ich auch, vermeide aber, laut mit mir

zu sprechen. Wie oft bin ich auf dem Weg zur Arbeit einem dieser zotteligen armen Teufel begegnet, die Unverständliches vor sich hin brabbeln oder frühmorgens durch ihre eigene verschneite Welt irren. Bestimmt sehe ich bald ähnlich aus, aber ich weigere mich, es ihnen gleichzutun. Ich klammere mich an meinen letzten Rest von Würde.

Immer wieder muss ich an Umberto und an Gio denken. Sind sie wohlbehalten nach Hause gekommen? Ja, sie sind vor den großen Stürmen aufgebrochen. Umberto schenkt seiner Verlobten ein breites, blitzweißes Lächeln – ob er schon verheiratet ist? Der Kalender in meinem Notizbuch zeigt mir an, dass es Mitte November ist. Eine Woche lang lade ich mich jeden Abend in meinem Zelt zu Umbertos Hochzeit ein, ein nicht endendes Festmahl. An den milden Ufern eines italienischen Sees werden einfache Speisen gereicht, und allein der Gedanke daran macht mir den Mund wässrig: saftige Früchte, gegrillter Fisch, Hefegebäck. Ja, vor allem Brioches, und dazu vielleicht die Marmelade des Kommandanten, das Einzige, was den alten Herrn davor bewahren könnte, in der Hölle zu schmoren. Das bisschen Güte, mit dem er einmal gesegnet war, erschöpfte sich in einem Orkan aus Quitten, Äpfeln und Zucker.

Auf den Gletscher bin ich nicht zurückgekehrt. Der Zugang ist zu exponiert, außerdem haben mehrere Lawinen die alte Route vor meinen Augen weggefegt. Wozu auch. Das Loch ist verstopft, unsere Spuren sind ausgelöscht – hat es diese Schwachköpfe überhaupt gegeben, fragt sich der Gletscher, oder habe ich sie nur geträumt?

Ein weiterer Tag bricht an, und ich beginne mit der Welt noch einmal von vorn, um nicht verrückt zu werden.

Ein Blizzard will mich umbringen. Seit zwei Tagen wirbeln die Schneemassen und verwandeln die Landschaft. Unmöglich, mehr als drei Stunden am Stück zu schlafen, sonst werde ich begraben. Ich gestehe mir nur ein Minimum an Schlaf zu und kämpfe an gegen diesen rotierenden Feind, diesen verlogenen Derwisch, der nur innehält, um mit diebischer Freude gleich wieder loszulegen. Bloß nicht an die Monate denken, die mich vom Frühling trennen. Eine Minute überleben. Dann noch eine. *Komm schon, mach den Mund auf, Nino, noch einen Löffel, nur einen, zu deinem eigenen Wohl, dein Körper bildet nicht genug Magnesium.* Die Nase zuhalten, die Minuten runterschlucken, noch ein bisschen durchhalten.

Meine Hände sind fast erfroren. Wie durch ein Wunder ist es mir gelungen, ein Feuer anzuzünden, als der Sturm eine Pause einlegte. Eine beträchtliche Menge Öl hat mich das gekostet. Im Schein der Flammen habe ich mir die Finger auf Frostbeulen angesehen, ich fürchtete schon den schwarzen Biss der Kälte. Ich hatte mir Stofflappen um die Handschuhe gewickelt, sie haben mir das Leben gerettet.

Nach drei Tagen lasse ich mich ins Zelt fallen, zu erschöpft, um noch weiter zu kämpfen. Ich weiß, dass der Tod kein schmerzhafter sein wird. Aber als guter Verlierer hat der Blizzard beschlossen, ein anderes Tal heimzusuchen, ein anderes Land, und als ich die Augen wieder aufschlage, blicke ich in einen sonnigen Morgen.

Tief in meinem Rucksack habe ich einen kleinen zerbrochenen Spiegel gefunden, in dem Kulturbeutel, den ich aus Paris mitgebracht habe. Seit Wochen hatte ich ihn nicht mehr geöffnet.

Ich sehe mein Spiegelbild und zucke zusammen. Der November macht mein Gesicht weiß. Nein, das ist kein Gesicht, das ist eine Raureiflandschaft, aus der eine braune Nase hervorragt, verbrannte Augen, eingezwängt zwischen einem Jackenkragen und einer in die Stirn gezogenen Mütze. Meine Lippen sind nicht zu sehen. Nur die im Bart hängende Wolke zeigt an, dass es Leben gibt in diesem Wald, dass irgendwo dort drin ein Mensch atmet.

Nach meinen Berechnungen ist morgen der 1. Dezember. Und selbst wenn ich mich um ein oder zwei Tage vertue, was soll's. Ich bin noch da, lebe. Gar nicht schlecht für eine *femneta*, einen Typen, der nicht weiß, wie man sich prügelt, eine Trine.

STAN SCHLEICHT SICH in seinem schönen schwarzen Anzug davon. Im Spiegelland ist die Welt sehr viel leichter. Das Haar geglättet, die Schuhe gewichst. Ein Schritt vor, und alles ist vergessen. Die Männer, die durchs Wohnzimmer laufen, die Hände, die ihm durchs Haar fahren und seine Wirbel wecken, dabei müssen die platt gedrückt werden, immer wieder, ganz platt. Der Sarg aus Eichenholz in der Mitte des Zimmers, »Eiche, das hast du gut gemacht«, sagt der Nachbar zum Kommandanten. Der Junge am Spiegel hat sein ältestes Fossil hineingleiten lassen, als niemand hinschaute, kurz bevor man den Deckel schloss. Einen Trilobiten. *Steh nicht so blöd rum, wir kommen noch zu spät in die Kirche*. Die Männer sind stark, sie heben die Kiste an, als wäre sie leer. Vielleicht ist sie ja auch leer, er hat nicht nachgesehen. Seine Mutter ist vielleicht hinter die Hügel gegangen, am liebsten würde er das auch, ein Schritt vor, *meine Güte, was tut der Junge da, klebt an dem Spiegel!*, aber er muss dort stehen bleiben, er ist noch nicht groß genug, kann noch nicht hindurch, noch nicht.

Der Junge am Spiegel macht kehrt und entfernt sich. Eines Tages wird Stan auch gehen, nur Geduld.

DER DEZEMBER ZIEHT MIR die Haut vom Leib. Noch nie habe ich so gefroren. Bei jedem Atemzug tausend weiße Vögel mit schneidenden Flügeln. Zum Essen zwingen, ganz systematisch. Ein zähes Stück Fleisch, eine Trockenfrucht, ein Schluck Wasser. Mehrmals am Tag, wieder und wieder.

Ob Umberto sich Sorgen um mich macht? Denkt er, ich wäre tot? Ich hoffe, er macht sich keine Vorwürfe, weil er mich verlassen hat. Er musste zurück, musste sich selber retten. In der Welt laufen schon genug Verrückte herum, die einen mit in den Tod reißen. Trotzdem packt mich manchmal eine irrationale Wut: Warum kommt keiner mich retten? Was machen die Dorfbewohner? Natürlich kenne ich die Antwort, ich tu nur so, dann kann ich mich wenigstens empören. Die Schlucht, die zum Klettersteig führt, ist das Reich der Lawinen, und wenn sich einer aus dem Dorf entschieden hätte, den Elementen zu trotzen und freiwillig an diesen himmlischen Gestaden zu stranden, würde auch niemand nach ihm suchen. In diesen Tälern hat man zu viel Respekt vor den Verrückten, den Heiligen von morgen.

FROHE WEIHNACHTEN, NINO!

Bist du das, Mama? Warte, ich habe ein Geschenk für dich, es muss irgendwo sein.

Hier, ein schöner runder Schneeball, ganz weiß, ich habe ihn für dich gemacht. Und heute Abend gibt es ein Festessen. Dörrfleisch auf einer Scheibe Trockenobst, danach eine Scheibe Trockenobst auf Dörrfleisch. Zum Trinken das klarste Wasser, das deine Lippen je berührt haben, geschöpft direkt aus der Quelle, den Mund am gluckernden Fels. Dann singen wir und tanzen, und du bekommst dein richtiges Geschenk. Ich schenke dir den Sommer.

ICH WEISS NICHT MEHR, was ich gestern gemacht habe. Und heute stehe ich auf einmal hüfthoch im Schnee, am Fuß des Steilhangs, der zum Klettersteig führt. Ich kann mich nicht erinnern, dass ich das Lager verlassen habe, verstehe nicht, wie ich hergekommen bin. Ich weiß nur noch, dass ich vor meinem Zelt den Schnee geräumt habe, wie jeden Morgen, dann habe ich die Augen geschlossen, und als ich sie wieder aufschlug, war ich ein paar Hundert Meter weiter. Das ist die Schäferkrankheit, die Krankheit des alten Aimé. Ich habe Angst.

Das neue Jahr ist angebrochen. In der Luft spüre ich einen warmen Hauch, aber vielleicht ist das nur Einbildung. Wann wird das Eis schmelzen? Wann kann ich die Leiter wieder benutzen und mein Gefängnis verlassen? Ich flüchte mich in die Zuversicht.

Ich
Werde
Überleben.

Den Kopf beschäftigen, tagein, tagaus.

Eine Liste mit allem, was ich mag. Hunde. Honig, aber den flüssigen. Farben, egal welche. Eisenbahnzüge, Septembermorgen, die Morgen von Monaten, die es nicht gibt, die ich aber erfinden kann, wer wollte mir das vorwerfen. Kapellen, die niemand mehr besucht, Jahr um Jahr geduldig in die Nacht geschlagen, Tunnel und das plätschernde Licht an ihrem Ende, Wale, die Stille im Plural. Und Amerika natürlich.

Eine Liste mit allem, was ich nicht mag. Die Stille – Singular –, den Nordwind, die Gleichgültigkeit, die kalt hält, das Gelbe vom Ei, meinen zweiten Zeh, der länger ist als der große, das Weiße vom Ei, zehn Jahre ohne meine Mutter, elf, zwölf, dreizehn, zweiundfünfzig, Quatsch, das haut nicht hin.

Eine Liste der Frauen, die ich geliebt habe … Nein, genug Listen für heute.

Wieder stehe ich im Schnee, diesmal nicht weit vom Klettersteig entfernt. Ich muss gut zwei Stunden bis hierher gelaufen sein, aber ich kann mich an nichts erinnern. Schlimmer noch, die Kälte ist zurück, schärfer denn je. Bei der kleinsten Bewegung schneidet ihre blaue Klinge durch die Luft. Sie schlitzt mein Zelt auf, meine Kleidung, einfach so, aus dem Handgelenk.

Ich habe mir eine neue Routine auferlegt, um dem zunehmenden Gedächtnisschwund etwas entgegenzusetzen. Jeden Tag zwinge ich mich, den Pfad zum Steilhang freizuräumen. Wenn es nicht schneit, mache ich den Hang entlang weiter. Schneit es nachts, fange ich von vorn an. Eine kräftezehrende, undankbare Arbeit, aber das ist der Weg, den ich gehen werde, um hier rauszukommen. In jeder Bewegung blitzt die Zukunft auf.

Ich nehme immer mehr ab. Ein hartnäckiger Husten hat mich mehrere Tage ins Zelt verbannt, dazu Fieber. Doch irgendwo, in einem großen Rechnungsbuch, muss geschrieben stehen, dass meine Zeit noch nicht um ist. Eines Morgens bin ich mit freier Lunge aufgewacht, schwach wie ein Neugeborenes, wieder gesund.

Der Februar beginnt. Und die Kälte ist da, die echte Kälte.

WHITEOUT. DAS VON DEN ALPINISTEN so gefürchtete Phänomen. Die Welt ausgewischt, die Landschaft fortgeweht vom Wind. Kein Schatten mehr, keine Form, kein Oben und kein Unten. Nur Unendlichkeit, weiße Monotonie nach allen Seiten hin, Übelkeit, die einen zu Boden streckt, Hände, die durch die Luft rühren, um wieder an die Oberfläche zu gelangen, aber die Oberfläche von was? Alles ist Oberfläche, alles ist Grund. Alles ist gleich, alles ist weiß. Der Körper dreht sich, wirbelt herum, ein endloser Sturz in dieses Nichts. Sich hinlegen. Nicht bewegen, warten. Warten auf das Ende des Whiteout.

Ich hab's. Jetzt ist mir klar, wem der Winter in diesem Gebirge ähnelt. Einer Lokomotive. Eine wütende Lok ist das, ein wilder, funkensprühender Tanz auf den Gleisen, ein stählernes Lachen am Horizont. Sie heult, bäumt sich auf, zieht hüpfend ihre gusseiserne Fracht. Ich meine natürlich den richtigen Winter, nicht diese kuschelige Jahreszeit, die uns im Flachland und in den Städten Jahr für Jahr ihren Kurzbesuch abstattet. Ich spreche von einem gefräßigen Gott, dessen Zorn die Gipfel hobelt und die Grate schmirgelt. Er spornt die

Gletscher an und bläst, hoch auf seinen Bergen, die Verachtung für das Leben herab. Er ist Zerstörung. Ist atemberaubende Schönheit.

Mit dem täglichen Freiräumen des Wegs ist es nun vorbei. Aber der Trick hat funktioniert und meinen Geist, wie es scheint, wieder zu sich selbst gebracht – ich habe nicht mehr den kleinsten Gedächtnisverlust. Doch länger als zehn Minuten vom Zelt wegzubleiben ist undenkbar geworden. Und allein diese zehn Minuten bedeuten, dass ich anschließend, verkrochen unter den Decken, eine Stunde lang wie irre zittere. Ich schäme mich nicht zu sagen, dass ich meine Notdurft im Zelt verrichte, über einem alten Napf, dessen Inhalt ich danach hinausschütte. Sterben, von mir aus, aber ich will nicht, dass man mich mit blankem Hintern in einem Latrinenloch findet.

Der Wind bläst jetzt fast jeden Tag. Er kommt nicht mehr von Süden, es ist ein weißer, hohler Wind, voller Ecken und Kanten, und ich halte mich an meiner Seele fest. Nur nachts hört er auf. Aber was für Nächte! Sie klirren wie Kristall. Und diese Sterne, mein Gott, diese Sterne … Würde ich bei ihrem Anblick ein letztes Mal einschlafen, ich wäre nicht unglücklich. Ich habe nur fünf Minuten, um sie zu bewundern, von dem Moment an, wenn das Feuer ausgeht, bis zu der Sekunde, wenn ich ins Zelt muss. Dann ist die Dunkelheit wieder da, und die Sterne tupfen mir ihren Schimmer auf die Wangen. Sie werden mir fehlen, wenn ich zurück bin. Es braucht nicht viel, um einen Stern zu töten. Eine Straßenlaterne reicht.

Wirklich albern, Mathilde. Aber ich liebe dich noch. Aller Verstand der Welt kommt nicht an gegen ein bisschen Blond. Vielleicht begegnen wir uns eines Tages an der Ecke eines Boulevards. Und dann zucken wir zusammen, *bist du nicht …*? Wir erkennen einander, *aber ja, na so was, weißt du noch, wie …*? Und wir fangen noch einmal an. Du tröstest mich, bezauberst mich. Ich bin zugänglicher, mit einem strahlenden Lächeln auf den Lippen und dem himmelblauen Blick der Menschen, die sich beschützt wissen. Dein Haar ist grauer geworden, dein Gesicht von den Jahren geknautscht. Aber das bekümmert mich nicht, so wenig wie die fallenden Blätter, die dem Baum keine Wunden schlagen, so wenig wie die Wolken, die der Sonne nichts zuleide tun. Und ich folge den Wegen, die deine Falten gezogen haben. Du kannst unmöglich nicht mehr schön sein.

Aber wir werden uns nicht begegnen, natürlich nicht. Ich werde weiter vor mich hin stolpern, weiter über meine Wege aus Eis.

Alles ist festgefroren. Wenn ich jetzt über den Schnee laufe, sinke ich nicht mehr ein. Vor ein paar Tagen war ich so unvorsichtig und habe meine Schuhe abends zu nah an die Zeltwand gestellt. Am Morgen waren die Schnürsenkel harte Stäbe, und ich musste am helllichten Tag ein Feuer machen, um die Schuhe aufzutauen. Hätte ich sie einfach angezogen, vollgesogen mit dieser tödlichen Kälte, hätte ich meine Zehen verloren.

Der Ölvorrat schwindet sehr viel schneller als mein Proviant. Das Holz ist schon lange aufgebraucht, seither nehme ich fürs Feuer reinen Brennstoff, manchmal auch Stücke von dem dreibahnigen Zelt, das als Schutz für unsere Ausrüstung diente. Jeder Tag Kälte verringert meine Überlebenschancen. Wenn der Boden des Kanisters erst blank ist, schaffe ich es nicht mehr zurück. Dann lasse ich nach und nach die Wärme aus meinen Adern strömen, ohne dass meine steifen Finger sie zurückhalten könnten. Die Sonne habe ich seit einer Woche nicht gesehen. Alle Hoffnung liegt in den zehn oder fünfzehn Litern Öl, dessen dumpfes Schwappen mich bis in meine Träume verfolgt.

Gestern Abend habe ich gebibbert, geschlottert, eingemummelt in drei Lagen Kleidung. Die Nacht war schwarz. Ich meine dieses mystische Schwarz, die Abwesenheit von allem, nicht nur von Licht, eine Nacht, in der man die Augen nicht schließt aus Angst, Finsternis auf Finsternis zu häufen. Und in diesen Stunden, die nicht so waren wie die anderen, habe ich auf einmal *ein Geräusch gehört.*

MINUTENLANG WAR ES wie ein Seufzer, der ums Zelt strich, ohne einen anderen Laut als den des aufgewühlten Schnees. Ich blieb stocksteif liegen. Was konnte hier leben? Ein Hase? Aber mein Besucher verdrängte zu viel Luft, ich spürte seine Masse, den Raum, den diese Masse einnahm, spürte sie mit dem Instinkt der Menschen von vor der Erfindung des Feuers, immer bedroht, immer auf der Hut.

Ich dachte an ein Gespenst. Gios Sohn, der mich anflehte, ihm zu helfen? Peter, der aus den Tiefen des Gletschers nach Rache schrie? All die Märchen und Legenden meiner heimatlichen Pyrenäen spukten mir durch den Kopf und vollführten einen Totentanz. Ein Drac vielleicht, dieser freundliche Esel, vor dem der Lehrer uns gewarnt hatte? Der am Ausgang der Schule die Kinder holte und sich streckte, damit immer mehr aufsteigen konnten, ehe er sie im Fluss ertränkte? Irgendwann schrie ich, es war das laute Wimmern eines Kindes, das aus seinem Albtraum erwacht, und die Geräusche verstummten. Ich dachte nicht mehr an die Kälte und spähte endlos nach dem Hellerwerden des Zelttuchs, dem Übergang meines Kokons vom Schwarz zum Khaki, vom Khaki zum Smaragdgrün, vom Smaragdgrün zum Anis.

Aber auch dann wartete ich noch, eine Stunde vielleicht. Irgendwann kroch ich hinaus, in der Hand mein lächerliches Taschenmesser. Ich war allein mit meinen Bergen, wie jeden Tag. Aber die Spuren im Schnee, die Vertiefungen, wo ein Wesen sich vorangeschoben hatte … Von einem Traum konnte keine Rede sein. Und ich schauderte, als mir klar wurde, wer diese unheimlichen Schneisen gezogen hatte. Ein Gespenst? Im Nachhinein hätte ich fast gelacht. Alle Gespenster der Welt hätte ich eingetauscht gegen meinen nächtlichen Besucher. Die Spuren waren von einem Wolf.

Na los, alter Weißbart, du schäbiger, galliger Gott, Karten auf den Tisch: Was habe ich dir getan? Jahrelang bin ich ohne den kleinsten Protest jeden Sonntag in die Kirche gegangen, weil ich es toll fand, wie meine Mutter sich an dich geklammert hat, wie sie leise betete und dabei meine Hand hielt. Weil es ein tolles Gefühl war, wie sie zitterte, wenn du bei der Wandlung herabkamst, Abrakadabra, und dich in die Hostie gequetscht hast, die so platt war, so dünn, dass ich mich fragte, wie du es darin aushalten konntest. Ich bin kein größerer Sünder als jeder andere Mensch. Ich habe nie etwas gestohlen, erst recht nicht getötet, und wenn ich mal die Frau meines Nächsten begehrt habe, dann weil der nichts mehr von ihr wissen wollte. Soll ich dir jetzt, in der Stunde der Abrechnung, von all den Malen erzählen, die ich Mama hinten in der Scheune gesehen habe, in Tränen aufgelöst, mit geplatzter Augenbraue oder blutiger Lippe, und wie sie mich inständig bat, niemandem etwas zu sagen? Solche Geschichten gibt es viele, den ganzen Winter könnte ich dir davon erzählen. Also bitte, sag mir nicht, dass ich das verdient habe, diese Kälte, diese Einsamkeit, diese Schmerzen. Und jetzt ein *Wolf*? Du bist noch schlimmer als ich, Weißbart. Und was für dich eine Todsünde ist, das habe ich mir fürs Ende aufgehoben: dass es dich nicht gibt.

Mein Feuer brennt jetzt die ganze Nacht. Wann gibt der Kerl entmutigt auf? Ich weiß es nicht. Er ist immer da, morgens sehe ich seine Spur. Ich dämmere vor mich hin, halte das Feuer mit ölgetränkten Stofflappen in Gang, verlängere so den Verbrennungsprozess.

Die Natur hat den Wolf perfekt geschaffen. Geduldig schaut er zu, wie ich mich verausgabe. Er weiß genau, mit diesem angeborenen Wissen seiner Art, dass ein Feuer irgendwann verlöscht. Und ich führe, wie so viele andere vor mir, meinen Menschenkampf. Instinkt gegen Instinkt.

Ich habe das Tier nie gesehen. Es streift am Rand der Dunkelheit umher, nicht genau dort, wo der Schein des Feuers endet, sondern ein wenig weiter, so bleiben seine Augen verborgen. Der Wolf ist schwarz, dunkel auch er, ab und zu finde ich ein Fellbüschel im Schnee. Mir kam sogar der dumme Gedanke, ich könnte sein Zutrauen gewinnen, und als kleine Gabe habe ich ihm abends ein Stück Schinken hingelegt. Er hat es nicht angerührt. Er muss nur warten.

 Von der Unterwerfung war es nur ein Schritt bis in

den Wahn. Am nächsten Abend habe ich mein Messer genommen und bin brüllend in die Nacht gestürzt, habe sie mit großen blinden Hieben zerschnitten und meinem Wolf zugerufen, er soll kommen, wenn er ein Mann ist. Er ist nicht gekommen, klar.

Letzte Kappe Öl. Ich betrachte den Kanister, eine leere Hülle. Ohne Brennstoff lassen sich die Lappen nicht anzünden. Nach einer Woche Kampf gebe ich mich geschlagen. Ich schüre die letzte Glut und trete mit all meiner Panik den Rückzug ins Zelt an. Wo bist du, Pépin, wenn ich dich am meisten brauche? Heute Abend kommt der Feind. Da sind überall Ritzen, und ich kann sie nicht alle überwachen, nicht ich allein. Mich zu einer Kugel zusammenrollen, schön rund, um so wenig Angriffsfläche wie möglich zu bieten.

Bei Tagesanbruch schrecke ich hoch und stelle verblüfft fest, dass ich geschlafen habe, dass ich noch am Leben bin. Der Wolf hat mich verschont. *Verschont.* Ich tauche aus meinem Zelt hervor und stehe in der prallen Sonne, eine Verheißung von Frühling, der helle Glanz blendet mich. Meine Augen protestieren, filtern das sengende Licht. Ein Mordshunger zerrt an meinem Magen. Ich könnte ein ganzes Tal verschlingen, wie ein Oger, ein ganzes Tal mit seinen Bäumen, seinen Menschen, seinen Tieren, mit den Steinen, die zwischen den Zähnen knirschen, und den Blättern, die an der Zunge kleben, ich würde einen Fluss saufen und das alles hinunterspülen. Ein paar Schritte im Schnee, der seufzt, bricht, zusammensinkt wie ein Akkordeon.

Ich lebe. Und dann sehe ich es. Sehe die Katastrophe direkt vor mir. Ich werde kein Tal verschlingen, keine Menschen, keine Tiere. Mit meiner Ogergeschichte ist es vorbei. Ich werde nie wieder etwas essen.

Die Kiste, in der die Vorräte waren, ist aufgebrochen, leer. Alles weg. Nach sieben Monaten im Felsenkessel habe ich, der Winterhavarist, dieses armselige Bündel aus Haaren, Knochen und sehnigen Muskeln, nicht eine Sekunde daran gedacht, meine italienischen Schinken und die Trockenfrüchte in Sicherheit zu bringen. Ich dachte, der Wolf hätte es auf *mich* abgesehen.

Gio hatte recht. In den Bergen stirbt man an Überheblichkeit.

FAST AUF DER STELLE war der Hunger da. Schon komisch, jeden Tag hatte ich mich zwingen müssen, etwas zu essen, hatte jeden Bissen Dörrfleisch verflucht, dessen Salz mir auf den Lippen brannte, jede Frucht mit ihrem Zucker, der mir die Lippen verklebte. Und auf einmal träumte ich nur noch von diesen Speisen. Einmal noch davon kosten, ein einziges Mal.

Am ersten Tag habe ich nach Resten gesucht, habe mir mit den Krümeln von dem, was ich fand, eine Eiswaffel gemacht und sie verschlungen. Der Wolf hatte ganze Arbeit geleistet. Er hatte nichts verstreut, nichts zurückgelassen, höchstens aus Versehen. Ich stellte ihn mir in seinem Bau vor, wie er, benommen vom Fressen und noch im Rausch, den namenlosen finsteren Göttern dankte.

Am nächsten Tag habe ich Schnee gegessen. Habe die Augen geschlossen und ihn mit exotischen Aromen verfeinert: Mangosorbet, Orangenblüte, noch ein bisschen Maracuja vielleicht? Dann habe ich auf einem Stückchen Holz gekaut, was für ein köstliches Lakritz! Die Illusion hielt ein paar Minuten, dann rebellierte mein Magen, und ich musste mich übergeben, ein Sturzbach von Eiswasser.

Heute sind die Flechten dran. Wo Felsen zum Vorschein kommen, lege ich sie frei, setze meine Zähne an und versuche etwas abzureißen, was mir zu überleben hilft. Der Fels kostet mich mehr Zahnschmelz als ich ihn Flechten, und am Ende gebe ich auf. Der Hunger ist zu einem physischen Schmerz geworden, zu einem Messer im Magen. Aber das alles spielt keine Rolle mehr. Es ist Mitte Februar 1955, und ich, Stanislas Henri Armengol, geboren 1902 in Tarbes als Sohn des Henri Manuel Armengol, genannt der Kommandant, und der Maria Dolores Jimenez, genannt Mama, habe begriffen, dass ich nicht an Hunger sterben werde.

Seit einer Stunde schneit es. Ich wollte an den Frühling glauben und hatte nach ihm gerufen. Aber meine Gebete sind an einem metallenen Himmel abgeprallt. Eine weiße Daunendecke sinkt herab, hier und da gezupft von Windstößen wie bei einem Pizzicato. Ich weiß, was sie bedeuten, und bald ist er auch schon da, ihr Meister, der große Mistral mit dem tönenden Brausen. Beim ersten Blizzard ist er über mein gewölbtes Zelt hergefallen, wusste nicht, von welcher Seite er es packen sollte, und ist wütend weitergezogen, um über seiner Rache zu grübeln. Diesmal kommt Gios Kunstfertigkeit nicht gegen ihn an. Er schnappt sich die Wände von innen, durch den Eingang, den ich unvorsichtigerweise offen gelassen habe, und das Zelt bläht sich, als hätte die Erde eine Blase ausgestoßen. Ich bin nicht weit entfernt, renne hin, erwische gerade noch eine Leine, die schon durch den Schnee saust. Sie schneidet mir in die

 Finger, trotz der Handschuhe, der Mistral zerrt nach der

einen Seite, ich nach der anderen. Wie ein Wilder pflügt er mit mir durch den Pulverschnee, *lass los, Idiot!* Ich biete all meine Kräfte auf, ignoriere den Schmerz, halte dieses verrückte Segel fest, von dem mein Leben abhängt. Und dann bin ich so erschöpft, ist es mir so egal, dass ich dem Wind gehorche. Ich lasse los, die Finger sind geschwollen von der Kälte und dem Blut.

Mit dem Gesicht im Schnee liege ich da, eine Ewigkeit. Alles brennt, meine Haut, mein Atem, innen, außen. Mich bewegen. Auf die Knie. Zurück zum Lager. Von meiner Zuflucht ist nur eine kreisrunde Fläche totes Gras geblieben, von diesem Gras, das einmal so frisch war, so voller grüner Träume, und jetzt ist es ausgebleicht.

Ich werde nicht an Hunger sterben, nein. Vorher wird die Kälte mich holen, und das ist auch gut so.

Die Nacht hat ihre Runde gedreht. Der Wind bläst jetzt noch kräftiger und sät den Schnee mit weiten horizontalen Würfen. Ich lehne an einem Felsen und warte. Ich habe keine Angst. Der Zitteranfall hat zwei Stunden gedauert. Mein Herzrhythmus verlangsamt sich, ein weißwolkiges Tuff-Tuff entweicht meinen Lippen, wie von einer Spielzeugeisenbahn. Kein letzter Wunsch für den Todeskandidaten. Dennoch hätte ich zu einem Stück Schokolade nicht Nein gesagt. Hätte mir auch gern die Hände ein letztes Mal am Körper einer Frau aufgerieben.

Ich habe keine Angst.

Ich spreize die Finger und betrachte meine Hand. Sehe den Schmutz, die Schwielen, die Falten und die Wunden. Welche dieser Linien ist meine Lebenslinie? Irgendwer hat mir mal von einem Abenteurer erzählt, der sich die seine, weil er sie zu kurz fand, mit dem Messer verlängerte. Nur wozu? Ob mit oder ohne Messer, man kommt auf der Handfläche rasch ans Ende. Was für eine Idee, die Lebenslinie verlängern zu wollen. Unsere Hände sind zu klein, um wirklich Wichtiges zu halten.

Ich bin müde.

ICH MUSS. DIE AUGEN. AUFMACHEN. *Mach die Augen auf, Nino, du musst in die Schule.* Ich schiebe Pépin beiseite, der mir übers Gesicht leckt, seinen süßlichen Welpenatem. Ich bin nicht zu Hause, das weiß ich. Ich bin in meinen Bergen. Zum ersten Mal höre ich sie, höre sie wirklich. Die Berge sind eine Symphonie, *Bewegt, nicht zu schnell.* Bruckner habe ich immer geliebt.

Mach die Augen auf. Ich habe etwas vergessen, etwas Wichtiges.

Ich höre den Schnee, die knisternden Kristalle. Weiter unten rührt sich schon die Erde, ein Keim geht auf, schraubt sich zur Oberfläche hin. Ich höre das Sickern der schwarzen Flüsse, dringe weiter ein, tiefer, bis zum dumpfen Brodeln eines Vulkans. Höre Stimmen, Musik, die elektromagnetischen Wellen aus dem All. Den Saft, der im Stamm eines Baums aufsteigt, ein Insektenei, das in seiner Wiege aus Moos reißt. Der Frühling hat mir meinen Wunsch erfüllt, er ist nicht mehr weit, ich musste nur die Ohren spitzen. Da siehst du, Aimé, ich höre.

Ich muss aufwachen. Da war etwas mit einem Wolf. Ich bin im See und sinke langsam hinab, das Eis, unter meinem Gewicht zersprungen, glänzt weit weg an der

Oberfläche, die Schulbücher sind aus dem Ranzen gefallen und schwimmen neben mir, und dann ist da der schlammige Grund, die Angst, die schon einem wohligen Gefühl weicht, das lange Gras, das wallt wie Mamas Haar, wenn sie sich vorbeugt, um mir einen Kuss zu geben, aber nein, meine Stunde ist noch nicht gekommen, Hände rufen nach mir, ein Tritt mit dem Absatz, und ich steige wieder auf, schnappe nach Luft, nehme einen tiefen Atemzug.

Der Sturm wütet. Ich spüre die Kälte nicht mehr. Aber ich erinnere mich. Eine Bemerkung von Gio, aus weiter Ferne. *Es gibt keine Wölfe hier oben, es sei denn, sie kennen einen Übergang, von dem ich nichts weiß.* Vielleicht gibt es ja einen Weg, der aus dem Kessel hinausführt, eine andere Möglichkeit als den Klettersteig.

Ich stehe im Schnee. Wie bin ich hierhergekommen? Ach ja, die Spur des Wolfs. Seit einer Stunde folge ich ihr. Ich bin nur für eine Minute eingenickt, an eine Schneewehe gelehnt, um wieder zu Kräften zu kommen. Unter meinen Füßen ist die Spur trotz des Sturms noch deutlich zu sehen. Sie führt an der Ostflanke des Kars hinauf, an der Seite, die ich am wenigsten kenne. Vom Laufen ist mir warm geworden, ich muss meine Jacke und meine Handschuhe irgendwo ausgezogen haben. Ich schwitze, glühe schon, lasse meinen Pullover fallen, das Unterhemd, ich ersticke sonst. Mit bloßem Oberkörper jetzt. Die Hoffnung verleiht mir Flügel, ich spüre keine Müdigkeit mehr. Die Spur zieht sich über einen Vorsprung, hinein in ein Hochtal im Kleinformat. Der Schnee ist hier auf einer größeren Fläche platt gedrückt, schwarze Haare und dazwischen rote. Mein Wolf, das waren zwei, vielleicht ein Paar auf der Suche nach Nahrung für die Kleinen.

Die Spur geht weiter. Sie steigt an, immer höher, den ganzen Hang entlang, drei- oder vierhundert Meter über dem Kesselboden. Der Mond ist verschwunden, und auf einmal überkommt es mich, ich bin in diesem Zustand, den zu fürchten ich gelernt habe, einem Zustand, in dem die Seele stirbt und nur noch rasende Ungewissheit ist, der Zweifel, dass es jemals wieder Tag wird. Vor allem nicht stehen bleiben. Mit der Schulter streife ich den schwarzen Fels, den Gio mir gezeigt hat, dort verläuft die Dreitausender-Höhenlinie. Die Luft wird immer dünner, meine Lunge pumpt und pumpt das bisschen, das noch bleibt.

Ich laufe schon zwei Stunden. Und plötzlich wird die Spur eins mit dem frischen Schnee und ist weg, einfach so, mitten am Hang. Eine theatralische Glut erfasst den Grat über mir und vertreibt die Dämonen, die sich schon um meinen Verstand balgen, die mir einreden, die Wölfe seien vom Himmel gefallen wie ein unheilvoller Regen. Bleib bei der Logik, Stan. Die sind nicht vom Himmel gekommen. Und wenn sie nicht vom Himmel gekommen sind …

Auf allen vieren fege ich den Boden frei. Da, ein Spalt im Gestein! Breit genug, dass ich hineinkriechen kann, aber ich bin müde, so müde.

Bloß nicht. Nicht so nah am Ziel. *Mach die Augen auf.* Sie sind offen, na bitte, man zieht mich aus dem See, legt mich aufs Eis, ein Glück, dass der Dorfpolizist in der Nähe war, jemand ruft um Hilfe, geht's wieder, Kleiner? Ach, was soll das Ganze, das ist lange her.

Ein letztes Mal drehe ich mich zu dem Felsenkessel um. Ein gutes Stück weiter unten drückt sich ein schwarzer Punkt an eine Schneewehe. Das ist ein Mensch, die Arme vor den Knien, eine kleine Kugel unterm Daumen der Kälte. Er hält stand zwischen zwei Welten, weigert sich, zerquetscht zu werden. Dieser Mensch bin ich. Eine Halluzination, einer dieser gewaltigen Träume, von denen Gio gesprochen hat.

Aber welcher ist der echte? Ich, der ich am Hang stehe, auf den Spuren des Wolfs? Oder der dort unten, die Arme fest um die letzten Schläge seines Herzens geschlungen? Wer von uns beiden träumt den anderen?

ICH TAUCHE EIN in das Innere des Bergs. Der Weg zieht sich, ich strecke die Hände in die Dunkelheit vor mir. Ein endloser Felsengang, ein echtes Labyrinth, hier und da sind die Spuren der Wölfe im fahlen Leuchten seltsamer Pilze zu erkennen. Ich stolpere tausendmal. Stunde um Stunde, immer weiter, bis ich nicht mehr kann, bis …

Eine riesige Höhle, eine mit Stalagmiten gespickte Kathedrale. An einer Seite zeigt sich ein großes blaues Fenster in der Wand, wir sind am Gletscher. Auf der anderen Seite flutet die Sonne herein, die Öffnung geht auf ein friedliches Tal hinaus, das Tor der Wölfe – die Freiheit. Sie muss warten.

Titanosaurus stanislasi. Leucio hat nicht gelogen. Dort vor mir ist sein Drache, mitten in diesem Kirchenschiff, bewacht von tausend Büßern aus Kalk. Ein Diplodocus, fast dreißig Meter lang, das schönste Exemplar, das ich je gesehen habe. Der Saurier liegt nah bei einem anderen, kleineren, bestimmt sein Baby. Der Kleine ist dreimal so groß wie ich, seine Vorderbeine sind gebrochen. Im fernen Staub der Zeit ist er in diesen Schlund gestürzt. Auch die Mutter ist bei dem Versuch, ihm zu helfen, stecken geblieben. Die Welt hat sich auf Fußspitzen weitergedreht. Niemand hat um sie getrauert, weil es lange Zeit niemanden gab, weil erst hundertvierzig Millionen Jahre vergehen mussten, bis jemand auf den Gedanken kam zu trauern. Und so bleibe ich eine Weile an ihrem Lager und wache über ihren Schlaf in dieser Nacht ohne Morgenrot, wache über ihre unendliche Liebe, die Liebe der Giganten.

Schlaft. Bald gehe ich, ich wecke euch auch nicht, denn ums Aufwachen geht es schon lange nicht mehr.

»IST DAS FÜR MICH?«

»Natürlich ist das für dich.«

Mama hat ihren Koffer nicht abgestellt. Sie geht weiter und streicht über das Bett, ein so großes hat sie noch nie gesehen, und dann schreitet sie, ganz hinten in der Wohnung, in ihrem Zimmer auf und ab. Ich öffne jeden Schrank, einen für ihre Kleider, einen für ihre Mäntel, einen für ihre Ballgarderobe, die sie noch nicht hat.

»Und der Stuck, Mama, hast du gesehen?«

Sie schaut hin, schaut sich um mit ihren Augen aus Amerika, auf den Lippen ein Lächeln. Sie hat gelogen, sie ist gar nicht älter geworden. Sie wird niemals alt sein.

»Danke, Nino. Hier wird es uns gutgehen, uns beiden. So wie früher. Als wir noch den Hund hatten, den du so geliebt hast, den grauen …«

»Blauen. Pépin.«

»Richtig. Apropos, zu dem Hund muss ich dir sagen …«

Ich weiß, Mama, ich weiß es schon lange. Ruh dich aus. Die Reise war anstrengend, und du bist müde. Ohne die Fossilien hätte ich es nie so weit gebracht.

»Deine armen Fingernägel, Nino … Die sind in einem Zustand …«

Keine Sorge, das ist mein Beruf. Stell den Koffer ab. Leg dich hin. Schließ die Augen. Siehst du, wie bequem das ist? Gleich feiern wir unser Wiedersehen. Wir gehen in die Oper, und dann tanzen wir und drehen uns. Und wenn du nicht mehr kannst, stützt du dich bei mir auf.

Ich sitze am Bett und höre, wie ihr Atem langsamer geht, in den Schlaf gleitet. Und jetzt schleiche ich hinaus.

Jetzt lösche ich das Licht.

FRÜHLING

ES IST EINE GEGEND, in der die Streitigkeiten tausend Jahre währen.

Schon lange kommt niemand mehr. Die Busse von früher liegen wie rostige Elefanten auf dem Beton der windgefegten Höfe und harren dem Tod entgegen, kein einziger von ihnen befährt mehr die Straße, die, nun grasüberwuchert, zu dem verlassenen Dorf hinaufführt. Hier gibt es nichts zu sehen, nichts zu tun. Es gibt nur Ruinen und Schmerz.

Schon lange kommt niemand mehr, nur er. Ein alter Italiener, ein Hüne, von den Jahren gebeugt, mit steinernem Gesicht hinter dicken Brillengläsern. Er schlägt den Weg ein, den die Sonne nach einem langen Winter freigegeben hat. Geht vorbei an leeren Häusern, dem Wald unter den Granitwänden, passiert die Brücke aus Baumstämmen oder was von ihr geblieben ist. Läuft das Plateau entlang, hält nur an, um zu schlafen. Macht sich wieder auf, packt den Berg an seinen eisernen Griffen und klettert hinüber.

Als er noch jünger war, hat er diese Pilgerfahrt jedes Jahr gemacht. Seine Besuche wurden seltener, so ist das Leben. Aber dieses Jahr, 1994, ist ein besonderes.

Ein besonderes, weil es das letzte ist. Nächstes Jahr wird er nicht mehr die Kraft haben, aber dann ist es eben so, könnte schlimmer kommen. Er ist nicht mehr der Jüngste, seine Kinder und seine Enkel haben es ihm unter die Nase gerieben, weil sie nicht wollten, dass er noch einmal geht. Mit siebenundachtzig Jahren ist das auch nicht vernünftig. Und alles wegen einer alten Geschichte.

Er steigt in den Kessel ab, über denselben Weg wie immer. Zum ersten Mal scheint er erschöpft zu sein. Er bleibt eine Weile sitzen, an der Stelle, wo früher die Zelte standen. Murmelt unverständliche Worte, nur für sich. Er hat sich verändert in diesen vierzig Jahren, seine Langsamkeit ist nun eine erhabene, seine Geduld endlos. Aber der Ort ist derselbe. Er erinnert sich gut. Erinnert sich an alles.

Der alte Mann will gerade wieder aufbrechen, als ihm ein farbiger Fleck weiter oben ins Auge springt. Also läuft er los, geht unterm Himmel auf die Farbe zu, geht, ohne an sein Alter zu denken, seine Knochen, die murren und knarren und seine Hünengestalt krümmen.

Der Schnee hat ein paar Kleidungsstücke freigelegt. Eine Jacke, einen Pullover, ein Unterhemd. Gut erhalten, verstreut über einen Pfad, der nach Osten hin am Kar entlangführt. Auf der Innenseite des Pullovers ist ein Etikett mit dem Namen seines Besitzers. Er muss es nicht lesen, er weiß auch so, dass da ein kleiner Buchstabe fehlt, ein Buchstabe, den nur er immer ausgesprochen hat. Seine Brille beschlägt – vom Schweiß, denkt er und reibt die fingerdicken Gläser.

Schließlich macht er kehrt. Er geht, ohne die Jacke, den Pullover, das Unterhemd aufzuheben. Als er wieder zu Hause ist, fragt seine Frau ihn von dem großen Bett aus, das sie seit ihrer Krankheit nicht mehr verlässt, warum. Warum er die Kleidungsstücke nicht aufgesammelt hat. Umberto sagt, das weiß er nicht. Er erinnert sich nur, dass er mit einem letzten Blick zurück gedacht hat:

Das ist der schönste Ort der Welt.

Die französische Originalausgabe erschien 2019 unter dem Titel
Cent millions d'années et un jour bei L'Iconoclaste, Paris.

*Jean-Baptiste Andrea dankt dem Istituto Culturale delle
Comunità dei Ladini Storici delle Dolomiti Bellunesi –
Istituto Ladin de la Dolomites, Borca di Cadore.*

FSC
www.fsc.org
MIX
Papier | Fördert
gute Waldnutzung
FSC® C104608

Penguin Random House Verlagsgruppe FSC® N001967

1. Auflage
Erstveröffentlichung Mai 2024

Covergestaltung: buxdesign | München unter Verwendung
eines Motivs von © Ruth Botzenhardt
Satz: Uhl + Massopust, Aalen
Druck und Einband: Nørhaven Book A/S, Viborg

Klü · Herstellung: sc
Printed in Denmark
ISBN 978-3-442-77440-1

www.btb-verlag.de
www.facebook.com/penguinbuecher

Jean-Baptiste Andrea

Von Teufeln und Heiligen

Roman

304 Seiten, 978-3-442-77265-0
Deutsch von Thomas Brovot

Über Liebe und Freundschaft. Über die universelle Kraft der Musik. Über Hoffnung, die nicht stirbt.

Was sucht ein alter Mann wie er dort? Auf Bahnhöfen, am Flughafen? Und spielt dort Klavier? Seine flinken Finger gleiten virtuos über die Tasten. Er spielt Beethoven, wartet auf jemanden, der vielleicht eines Tages aus einem Zug aussteigt. Wartet darauf, dass eine Hand sich auf seine Schulter legt. Es ist eine lange Geschichte. Alles begann vor fünfzig Jahren in einem Waisenhaus in den Pyrenäen. Dort gab es Teufel und Heilige. Und ein Mädchen namens Rose.

»Der Roman strahlt eine unglaubliche Kraft aus. Erzählt über Liebe und Freundschaft. Und weiß um den Trost, den Musik bringen kann.«
Christine Westermann

btb